KB055513

나는 유쾌한 Smart Old입니다

나는 유쾌한 Smart Old입니다

초판 1쇄 발행	2023년 4월 17일
지은이	최은설
발행인	김지혜
발행처	양야의숲
출판등록	제2018-000002호

책임편집	김지혜
디자인	김경석

주소	전북 완주군 고산면 양화로 385-12
전화	(063) 262-3507
이메일	yangya_forest@naver.com
인스타그램	@yangya_forest
값	책값은 뒤표지에 있습니다.
ISBN	979-11-980931-2(03810)

양야의숲은

해가 비치는 따듯한 땅 양야에서 따듯한 책을 만듭니다.

나는 유쾌한 Smart Old 입니다

호기심과 재미의 가로수길을 걸어

다른 별로 가신

'박상설 선생님' 영전에

이 책을 바칩니다.

차례

프롤로그

누가 말했던가?

이 세상은 보이지 않는 수많은 점으로 연결되어 있다고.

나, 내 부모, 배우자, 자식, 형제자매, 친구들.

앞산과 오솔길, 구름과 강물,

기찻길과 벚나무, 물새와 강아지.

나를 구성하고 있는 수많은 점들이다.

그러던 어느 날, 나는 새로운 또 하나의 점을 만났다.

눈도 거의 보이지 않고

허리는 독한 진통제로 달래고 있었으나

누구보다 젊고 자유로운 94세.

그를 만난 이후,

나의 삶은 각성되기 시작했다.

그저 날씨를 알고자 혹은 운동을 하고자 눈여겨 보던 자연을
거대한 은총으로 보게 되었고 자연을 훼손하는 우리의 일상에
눈을 돌리기 시작했다.

그리고
마침내
은퇴.

100세 인생이라 해도 요양원에서 보낼 침대 생활도
계산에 넣지 않을 수는 없다.
사회적 책임에서 어느 정도 해방된 은퇴자가 되었지만
거룩한 사회적 책임감을 가지고 내 주위의 인연과 시간과 공간을
돌볼 수 있는 은퇴자가 되고 싶었다.
버거웠던 책임과 고단했던 의무 대신
재미있는 책임과 유쾌한 의무로
얼마남지 않은 생을 꾸릴 수 있다면 행복하지 않겠는가?
그리하여 삶의 목표를 바꾸었다.
건강과 안락과 평온이라는 주 목표에서 말이다.

첫 번째 목표는 참된 은퇴자가 되는 것이다.

내가 만났던 그 빛나던 점처럼 진짜 어르신이 되는 것이다.

젊은이의 짐이 되지 않고 그들의 휴식처가 되고,

뒷방 늙은이가 되지 않고 그들의 상담자가 되고,

병원 순례로 징징대지만 말고 사회적 약자를 돕는 도우미가

되고, 반짝이 드레스 입고 재능 기부하는 할머니도 되는 것이다.

두 번째 목표는 은퇴자들끼리 어우러진 공동체를 만드는 것이다.

선한 영향력의 은퇴자 공동체는 마을, 지역, 종교, 취미에 따라

다양하게 만들어질 수 있을 것이다.

죽음과 질병, 빈 지갑은 은퇴자들의 최대 걱정거리다.

그러나 걱정만 한다고 해결되는 건 아니다.

그때 필요한 것이 바로 지혜이며, 독서라고

빛나던 점이 가르쳐 주었다.

아침 햇살 같은 한줄기 행복은

그리 많은 것을 필요로 하지 않는다.

호화판 크루즈에서 와인을 마시며

하하호호 선상댄스 파티도 행복하겠지만

이슬비 내리는 봄날의 몽상적 꽃봉오리나

한 푼도 내지 않고 푸른 바다를 수영하며 태평양의 소식을
전해 들을 수 있다면 얼마나 경이롭겠는가!

마치 연착된 기차를 기다리는 것처럼
100세 인생이 부담스럽다.
그러나 기차가 연착되었기에
대합실에 깜박 잊고 놓고 온 물건을
찾을 수 있었다면 그것이야말로 행운이지 않겠는가?
마침내 연착된 기차가 들어올 때
다른 별로 미련 없이 갈 수 있는 지구 여행자.
멋지지 아니한가?

나만이 아는 옹알거림을 독자와 만날 수 있는 책이 되게 한
양야의숲 김지혜 대표께 고마운 마음을 전한다.

2023년 2월
작은 텐트에서
최은설

1

첫 번째 소풍
: 시골 산새, 갈매기 조나단을 만나다

2021년 6월 5일 새벽,

완주군 고산면에서 강원도 홍천 '샘골주말레져농장

(이하 샘골농장)'까지 331킬로미터.

인생 질문을 배낭에 넣고 자동차 시동을 걸었다.

막연하고 불확실한 만남이겠지만 나는 가야만 했다.

날씨는 좋았다.

가고 있는 나도 극성이라는 생각이 들었다.

며칠 전 우연히 인터넷에서 만난 고령의 남자.

그 노인을 만나러 이 새벽 먼 길을 떠나다니.

더구나 그의 연락처도 모르고 거주지도 모른다.

그래, 아니어도 좋다!

만나지 못할 수도 있다.

답을 구하지 못해도 좋다.

나는 지금 떠나고 싶을 뿐이다.
331킬로미터가 더 끌릴 뿐이다.
텔레비전 다큐멘터리에도 허구가 가미되지 않겠는가?
크게 믿지는 말자.

몇 년 전, 섬 여행을 한 적이 있었다.
젊은 부부가 운영하는 민박집에서 숙박했는데
홍보와는 다른 밥상은 그렇다 치더라도,
주인 부부의 불손함으로 민박집을 옮긴 일이 있었다
그런데 얼마 후 다큐멘터리 프로그램에서 만난
주인 부부의 스토리는 그야말로 나를 아연실색하게 했다.
섬을 지키는 순박하고, 의리 있고, 교양 있는 부부로 그려진 것을
본 나는 '다큐멘터리'라는 단어에 큰 상처를 입고 말았다.

코로나가 터질 것을 모르고 조지아에서
한 달 살기를 계획했었다.
결국 무산되고 말았지만.

331킬로미터, 조지아 가는 길이라 여기자.

그래서 휴게소마다 다 쉬면서 갔다.

쉬엄쉬엄, 참 좋다.

홍천에 다다랐을 때,

계기판에서 공기압 경고등이 떴다.

이왕지사 천천히 가기로 한 것

낡은 간판의 카센터에서 공기압을 점검하고

다시 샘골농장으로 향했다.

하지만 시골길은 내비게이션과는 달리 아리송하다.

하는 수 없이 샘골농장 표지판에 있는 번호로 전화를 걸었다.

"여보세요, 여보세요."

쩌렁쩌렁 울리는 그 목소리,

분명 내가 들었던 익숙한 목소리다.

'오, 그분을 만날 수 있겠구나!'

나는 세 가지 가정을 하고 홍천을 향했다.

일. 그분이 계신다: 인생 질문을 해 본다.

이. 그분이 계시지 않는다: 홍천 샘물 마시고 캠핑하고 돌아온다.

삼. 적막강산이다: 바로 331킬로미터를 되돌아온다.

그런데 그분이 계신다. 일단 헛걸음이 아니다.

정중하게 인사드리고 전주에서 선생님 뵈러 왔다 하니 조금 놀라시는 듯했다. 그러나 이내 시큰둥하시더니 치고 있던 텐트 끈이나 잡아 달라 하셨다. 그날은 유튜브 촬영이 있어 오랜만에 홍천에 들리셨다고 하셨다.

잠시 후 촬영 팀이 도착하고 우리는 근처 식당으로 가서 이런저런 이야기를 나누었다. 선생님 말씀이 어찌나 명료하고 꾸밈 없는지 인생 질문의 답을 얻어갈 수도 있겠다 싶은 희망이 들었다.

점심 식사 후, 다시 샘골농장으로 가서 촬영하고 나니 저녁이 되었다. 나와 선생님은 선생님 스타일대로 누룽지를 끓이고 김치와 나물 반찬 한 가지로 저녁을 먹었다.

선생님이 주신 차를 마시며 바라본 홍천의 6월이 어찌나 아름답던지,

가장 좋은 계절 산 목련이 어찌나 예쁘던지,

나뭇잎은 백 가지 만 가지 초록으로 빛나고

시냇물은 도돌이표로 찰찰거리는데

시계 소리처럼 음률이 있어 잠시 여기 온 이유를 잊었다.

바람 속의 풍경은 오히려 질문하고 있었다.

"정녕 사랑했는가?"

"정녕 미울 뿐인가?"

자연 현상은 단순히 지각하는 것만으로도 기쁨이 된다. 자연의 모습들과 움직임은 인간에게 매우 긴요한 것이기 때문에 가장 낮은 수준의 기능을 지녔다 해도 자연의 효용과 미의 범위 안에 있는 것 같다. 해로운 일이나 사람 사이의 교제로 인해 속박되었던 몸과 마음에 자연은 치료 효과를 주어 심신을 정상으로 회복시킨다.

—『랄프 왈도 에머슨 자연』(랄프 왈도 에머슨 지음, 은행나무) 중에서

삶을 회복시키고 싶었던 둥지로부터 331킬로미터 떨어진 곳.
삶을 중지하고 싶었던 시간에서 용케도 탈출하여
여기에 서 있다.
산티아고를 다녀온 사람들은 걸으면서
응어리가 풀렸다고 한다.
산티아고의 치유력은 무엇일까?
질긴 인연의 분리?

발 수행?

아니면 낯선 풍경?

밤이 깊어지자 주위는 말로만 듣던 검은 밤이 되었고

별들이 다가오기 시작했다.

선생님은 내 텐트는 그냥 두고 이미 설치된 곳에서 자라고

하셨다.

텐트를 가져오기는 했지만 실제로 텐트를

직접 쳐 본 적은 없었다. 그래서 다행이라 생각하고

텐트 안으로 냉큼 들어갔다.

흙 위에서의 잠자리, 숲속의 고요함,

다시 볼 수 있을지 모르는 초면의 인연에게 한 눈물의 하소연.

이 모든 것이 숙면의 충분조건이었는지 바로 곯아떨어졌다.

너무나 일상적이어서 아무렇지도 않게 지나쳐 버리는

만남이 있습니다. 하지만 한 사람과의 만남은 복권에

당첨되는 것보다도 더 기적에 가까운 것입니다. 이러한

기적적인 매일을 우리들은 늘 반복하고 있습니다. 만남은

갑자기 찾아와서 좋고 싫을 새 없이 그 사람을 다른 세계로

데려다 줍니다. 그곳에는 계산이나 타산을 초월한 힘이 작용하고 있다고 밖에 생각할 수 있지요.

——『사토 할머니의 아주 특별한 주먹밥 이야기』(오하라다 야스히사 지음, 예지) 중에서

생의 의문 속에서 그저 무릎 꿇고, 항복하고,
두 손 모아 질문을 하던 날 새벽은 달랐다.
아침이 되어 숲속 텐트 안에서 침낭의 사각거림에 눈을 떴을 때
이 고요와 평화를 다시 만날 수 있기를 간절히 기도했다.
아니 이 고요와 평화를 이제는 떠나고 싶지 않았다.
젊은 날 친구들과 깔깔대며 텐트를 치던 그때와는 다른
느낌이었다.

하루가 24시간인지 25시간인지 자고 뛰고 자고 뛰었다.
어느새 늙은 나만 남아 거울 속 그에게 묻는다.
"그동안 무엇을 하며 살았나요?"

그렇다면 금을 만들려다 실패한 다른 연금술사들은 뭐가 잘못되었던 거죠?

그들은 단지 금만을 구했네. 자아의 신화 그 보물에만 집착했을 뿐 자아의 신화를 몸소 살아내려고는 하지 않았지.

——『연금술사』(파울로 코엘료 지음, 문학동네) 중에서

촌철살인의 명수

아침에 일어나 짐을 정리한 후 가까운 식당에서
해장국을 먹고 헤어지기로 했다.
담소를 나누며 선생님의 젊음에 감탄했다.
"선생님은 너무 젊으세요."
그랬더니 에피소드 하나를 들려 주신다.
"글쎄 전철을 타고 가는데 나는 원래 잘 앉질 않아.
그런데 그날은 허리가 안 좋더라고.
그래서 경로석에 앉아 책을 보는데 앞에 서 있던
노인네가 나를 쿡쿡 찌르는 거야. 일어나라는 거지.
대꾸도 안 하고 그냥 책만 봤지.

이번에 눈앞에 뭘 내미는 거야. 주민증이야.

보니까 68세더라고. 대꾸도 안 하고 계속 책만 봤어.

머라 중얼중얼하더니 다른 자리로 가더라고.

그 사람은 자기보다 나를 더 어린 사람으로 본 거지. 하하하"

"어머 선생님도 주민증을 그 사람 코앞에 들이밀었어야죠. '요거 보슈. 나는 구십이 넘었네, 그려.' 하면서 말이에요."

"그래서 자네가 자네 어머니하고 부딪치는 거야.

그걸 뭐 하러 증명하려드나. 시시한 이야기는 하지 마."

순간 선생님의 짧은 그 한마디가

북극성이 되어 가슴에 박혔다.

"그래서 자네가 어머니하고 부딪치는 거야."

단번에 알아차렸다.

내가 휘두른 칼이 무엇이었는지,

얼마나 어리석은 어릿광대였는지.

"시시한 이야기는 하지 마."

산새는 쪼끄만 눈으로

갈매기 조나단의 멋진 비상을 목격하는 순간이었다.

시골 산새, 샘골 은방울꽃으로 피다

집으로 돌아오는 길에 선생님은 이런 시를 보내 주셨다

향 짙은 커피 한 잔 놓고

상큼한 그를

떠올리며

시인의 마음으로 그의 닉네임

상상하는 재미 솔솔하다

새로운 정감으로 산뜻하던

그를 다시 떠올리며

샘골 깊은 산중에서

그 누구에게도 간섭받지 않고

맑고 청초하며

자생하는

해맑은 고귀한 꽃

은방울꽃처럼

그대

칼보다 더 날카로운 혀를 피해

그 누구에게도 상처받지 않는

샘골의 은방울꽃

아무말 듣지도

하지도 않는

고고한 은방울꽃

—— 깐돌이 할비(21. 06. 06.)

나도 화답하였다.

아무도 가지 않은

새길을 돌아 돌아

도착한 샘골에

잠시 지구별에 온

어린왕자를 만났네

머플러는 없었지만

그의 멋짐은

그의 순수함은 여전하였네

초록을 감싸안고

밤새 뒹구는 시냇물 소리는

내 노여움과 서러움을

씻어 주었네

너는 빛나니

너는 용감하니 걱정 말라고

어린 왕자 나를 안아 주었네

샘골에 살짝 내려온 어린왕자

다른 별로 몰래 가 버릴까

오늘도 맘 졸이네

—— 은방울꽃(21. 06. 06.)

처음으로 단독 캠핑에 도전하다

나는 홍천 텐트에서 일어난 치유를 생각하며

하루라도 빨리 자연 속에서 머무는 시간을 갖고 싶었다.

주말이 되어 집에서 20분 거리에 있는 '솔숲캠핑장'을 찾았다.

텐트는 있지만 쳐 본 적은 없었다.

때는 바야흐로 코로나 시대,

제법 알려진 캠핑장은 초만원이었다.

그렇다고 돌아갈 수는 없지.

한 사이트를 차지하고 텐트 설치를 시작했다.

최초로 나의 둥지를 지어 보는 것이다.

한 시간여를 씨름하다 거의 쓰러지기 직전인

텐트를 칠 수 있었다.

그 안에 들어앉은 기분은 알함브라 궁전의 여왕이랄까.

하하하.

해지는 변산 바다

어디서든 해는 지겠지만

저 노을은 나에게

블루스를 청하네

사뿐히 치마단을 들고

구름 위로 오르네

바람이 장단을 맞추고

하늘은 와인을 마시네

내려보니 바다!

껍데기는 던져 버리네

—— 은방울꽃(21. 06.)

자아를 찾아 시인으로 변신한 이

나의 텐트가 쳐 있던 지난 자리의 저녁노을

어스름 조여드는 어둠속

목가적 등을 켜는 텐트여

유월 마지막 가는 날 변산 바닷가 숲

마음 비우고 가라며

앉혀 주는 숲

지난날의 괴로움을 치유해 주는 숲

말해 준다

저 소나무가 혼자이듯

사람들도 혼자여야 한다

—— 깐돌이 할비(21. 06.)

또 다른 인연을 만나다

선생님께 전화가 왔다.

선생님은 선생님의 열성팬에게 내가(나이 먹은 여자가)

찾아간 이야기를 하셨다고 했다.

그 먼 샘골을 찾아가 선생님을 뵈었다는 것에

깜짝 놀랐다고 한다.

그래서 그분도 빨리 선생님을 알현(?)해야겠다고 했다나?

전화를 끊으며 그런가 보다 하는데 다시 전화가 왔다.

선생님의 열성팬이었다.

그 먼길을 묻지도 따지지도 않고

선생님을 찾아간 열정에 큰 감동을 받았다고 말한다.

개인적인 사정으로 본인은 먼 길을 가지 못하니

나를 본인이 사는 곳에 초대하고 싶다 했다.

“Why not. Call!”

선생님의 열성팬을 만나러 간 것이

“행동하는 인문학 살롱”의 첫 모임이 되었다.

선생님을 뵙고 내려온 지 2주 만에 전격적으로 이루어졌다.

선생님을 뵙고 내려올 때 만해도

‘다시 선생님을 뵙기 어렵겠지.’ 했는데

세상에 단 2주 만에 상봉의 기쁨이 다시 이루어지게 되었다.

선생님이 그리도 원하시던 ‘인문학 살롱’

남녀, 신분 구분 없고, 재능 많고,

언어구사력(독서의 결과)이 좋으며

예의 바른 사람들의 사교 장소인 프랑스 살롱 문학 정신과

앉아서 입으로만 떠들지 않고 배운 것은

몸으로 실천하는 행동파 인문학 서클(circle).

이것이 바로 선생님 일생을 통해 실천된 장르다.
클로드 뒤퐁은 글쓰기 이전에 말하기가 있었고
창작 이전에 대화가 있었는데 그것이 곧 살롱 문학이라
했다.
프랑스 랑부이에 후작부인(Mme, marquise de Rambouillet, 1588~1665)이 살롱을 개장했듯이
문학과 예술과 인생을 토로하는 인문학 살롱은
여성이 리더가 되는 것이 어울린다 하며
선생님은 나에게 비전을 제시하셨다.

곡성에서 처음으로 열린 행동하는 인문학 살롱은
주최자 엘크 님의 주도면밀함과 봉사로
완벽하고 성대하게 치러졌다.
1차 모임의 성공은 2차 모임까지 연결되게 했다.
그렇기에 첫 번째 모임의 의미는
헤아릴 수 없이 많다고 할 수 있다.

구례와 곡성을 오가는 소박한 여정의
첫 번째 방문지는 섬진강변에 자리잡은 "책사랑방 북카페"였다.

섬진강과 지리산을 정원 삼은 구례와 곡성은
이리 보고、저리 봐도 한 폭의 동양화 같아。
진정 지구 별은 아름답구나。

낡은 모텔을 개조하여 만든 헌책방이다.

평생 서점을 운영했던 사장님은 버려진 30만 권의 책을 보듬어

여기에 둥지를 틀었다고 한다.

어떤 상점에 들러 이토록 행복한 감정을 느끼며

나오기 싫기는 처음이었다.

평생 책을 만지던 이가 생의 마지막은

버려진 아이들을 모두 끌어안고

이 풍광 좋은 터에 더불어 사는 모습.

그런 삶이 주인장의 미소에 오롯이 담겨 있었다.

안주인이 주신 그윽한 커피 한 잔은

치열하게 생을 살아온 지구 지성들의 혼과

더불어 마시니 그저 시간 여행자가 된 듯했다.

그날그날 만든 빵을 파는 "느긋한 빵집"까지 순례를 마치고

세미나실에서 선생님의 강의를 들었다.

강의 중간중간 노래와 하모니카 연주, 시 낭송이 어우러졌다.

그 시간을 마쳐야만 하는 게 아쉬울 뿐이었다.

숙소로 돌아오니 엘크 님의 아내 분은

정성 가득한 밥상을 준비해 놓으셨다.

하나하나 어찌나 맛있든지.

다들 밤을 맞을 준비를 하는데

갑자기 선생님이 주섬주섬 짐을 챙기신다.

밖에다 텐트 치고 주무시겠다고 고집부리셨다.

엘크 님이 침대 옆에 치자고 간신히 달래었다.

그러고는 두 분이 소곤소곤 정담 나누는 모습을 뒤로 하고

오늘 하루를 생각했다.

'섬진강과 지리산을 정원 삼은 구례와 곡성은

이리 보고, 저리 봐도 한 폭의 동양화 같아.

진정 지구 별은 아름답구나.'

다음 날 아침, 다시 선생님의 턱 밑에 모여들었다.

어제 사온 빵과 차를 놓고 본격적인 인문학 밥상을 차렸다.

즉문즉설 시간.

명쾌한 우문현답(愚問賢答)과

급소를 찌르는 촌철살인(寸鐵殺人)에

모두가 줄기차게 묻고 또 묻는다.

이 세상에 삶을 부여 받고 살아온 자

또는 살아갈 자들의 의미있는 고뇌 풀이는

듣는 이들마저 치유하고 있었다.
선생님의 망설임 없고 눈치 보지 않는 의식의 전환은
모두의 얼굴을 환하고 편안하게 만들었다.
결국 우리는 곡성에서 헤어지는 것이 아쉬워 전주까지 올라왔다.
차 한 잔이라도 더한 시간을 함께하고 싶었기에.

달리 말하면 우리는 관점 하나를 가지고 있는 무한
의식이다. 그런데 우리의 사고 체계가 관찰자와 관찰
대상으로 나누어 놓는다. 시간과 공간에 의하여 분리된
사물들의 세계로 무한 의식을 쪼개 놓은 것이다. 지능이
가짜 울타리 안에 공간과 시간과 인과 관계라는
숨 막히는 그물 안에 우리를 가둔다. 그 결과 힘 있고
무한하고 영원히 소멸 되지 않고
자유로운 우리의 실재와 만날 수 없게 되었다. 지능에 갇힌
사람들한테는 실로 모든 것이 감옥이다. 그러나 이 고통의
원인은 피해가거나 제거될 수 있다. 그 무지가 깨어질 때
내적 자아의 힘 있고 무한하고 밝은 본성이 살아난다.

——『우주 리듬을 타라』(디팩 초프라 지음,
샨티) 중에서

나를 은방울꽃이라

박하 향기라

위로와 칭찬을 하는 이

시력은 잃어 가나 더욱 빛나는 눈

깊이 패인 상처를 보시네

이제는 잘게 부순 음식만 먹는다고

아기 같이 해맑게 웃으시네

그의 두 다리 당당하고

배낭엔 희망과 용기를 가득 담고 다니네

한 마디 한 마디에

파랑새 노래하듯 즐거움과 행복이 흐르네

쓸데없는 쓰레기 생각

순식간에 버리고

갈매기 조나단처럼

날아오르네

–

우리가 진정으로 이해한 지식이나 깨달은 사실은 두뇌의

감정적인 영역을 활성화시켜 우리를 깨우고 움직인다.

당신이 어느 날 갑자기 인생에서 가장 중요한 것이

무엇인지를 이해하고 깨달았다면 그 순간 이후로 당신은

결코 이전에 살아왔던 방식대로 살지 못한다.

——『존엄하게 산다는 것』(게랄트 휘터 지음,
인플루엔셜) 중에서

참 교육은 인간을 해방시킨다

나는 진정 참 교육을 받은 적이 있었던가?

내가 마주했던 많은 교사들은

그들만의 둥지에서 나오지 않고

계속 재잘대는 새들 같더라.

참 교육을 받은 인간만이 누구에게도

속박당하지 않고 누구도 속박하지도 않는다.

그러나 우리네가 받은 교육은 영적으로,

인간적으로, 도덕적으로

사람을 속박하며 사람 구실을 강요한다.

나는 캠프나비를 다녀온 후 모정을 버리고 집을 버렸다.

모정(母情)!

모성(母性)!

이것은 인간사의 위대한 사랑인 것을 누군들 부정할까?

지금 지구인이 남아 있다는 것도 거룩한 투사들의 피가

아니라

그를 키운 모성임을 누가 부정하랴!

내 어머니의 지극한 모성은 정말 눈물겨웠다.

그녀의 모성은 결국 말년에

온몸을 찌르는 극심한 통증만을 남겼다.

자식들은 이제 살 만한데 어머니는 만신창이로 계셨다.

교육 혜택도 받지 못한 채

원초적인 사랑으로 우리를 키워 냈다.

시대의 도덕을 의지했던 어머니

그러나 어머니가 따르시던 시대의 도덕

그것이 나에겐 충돌이었다.

그런 어머니 덕분에 나는 지상 목표를

단란한 가정으로 삼았다.

초원의 집을 짓고 그 속에

다정한 남편과 아장아장 걷는 아기.

그러나 그곳에 평등은 없었다.

단란한 가정을 그린 액자 속에 갇힌 나는

인형의 집의 '노라'였는지도 모르겠다.

선생님은 처음 나를 만나던 날,

나의 정체성을 말씀하셨다.

"너는 자유와 평등이구나."

그때서야 나의 애증의 근원을 깨달았다.

자유와 평등에 부합하지 못한 생활이 원인이었다는 것을.

어머니는 행복이라는 명목으로 늘 자유를 막았다.

"그래야 딸이 행복할 것이야."

그 시대의 도덕은 어머니께 그렇게 외쳤나 보다.
남편은 평등한 조건을 만들지 않았다.
그의 어머니도 시대의 도덕을 따라
그렇게 온몸으로 일러 주었을 테지.

"그래야 아들이 행복할 거야."

그러나 이제 나는 이전에 알던 자유와 평등이 아닌
더 나은 자유와 평등을 배우고 싶다.
누구도 괴롭게 하지 않는 자유,
누구에게나 베풀 수 있는 평등.
캠프나비의 정신을 행동으로 옮기리라 마음 먹으며
다시 걸음을 내밀어 본다.

늘 고뇌를 박살내는

행동하는 인문학 혁명용사

집요하고 명쾌하고

용맹한 페미니스트

무슨 일이 생겨도

시원스레 해결해 내는

세상에 두려울 것 없는

그대는 빠꾸미

—— 깐돌이 할비(21. 08. 18.)

누구에게도 듣지 못했던 칭찬이

세상에 나가

무엇을 할지를 알려 줍니다

일찍이 그 만남이 있었다면

목을 축일 수 있는 옹달샘이 되었을까요?

하지만 지금 이 시간이 좋습니다

너는 해내리라

너는 반드시 해내리라

우리가 기다린 말

어미가 젖 물리며 해 주어야 하는 말

다 늙어서 듣습니다

화장터 가기 전 부지런히 움직이라

걷다가 죽는 게 행운이라 하시기에

깃발 높이 흔들며

시퍼렇게 일어섭니다

—— 은방울꽃(21. 08. 18.)

두 번째 소풍
: 섬진강변, 캠프족과의 만남

이것이 작업의 첫 번째 단계야. 불순물이 섞인 유황을 분리해 내야 하지. 실수할지도 모른다는 두려움을 가져서는 안 돼. 실패할지도 모른다는 불안감이야말로 이제껏 위대한 업을 시도해 보려는 내 의지를 꺾었던 주범이지. 이미 십 년 전에 시작할 수도 있었던 일을 이제사 시작하게 된 거야. 하지만 난 이 일을 위해 이십 년을 기다리지 않게 된 것만으로도 행복해.

——『연금술사』(파울로 코엘료 지음, 문학동네) 중에서

2021년 7월 31일.

"행동하는 인문학 살롱" 두 번째 모임을 갖기로 했다.

살롱 문학 모임에 처음으로 진행자가 되려니 마음이 설레었다.

장소는 변산 시골집.

인문학 모임은 수없이 많지만, 우리 모임의 다른 점은

행동이 있다는 것이다.

나 자신이 감독이 되어 내면의 나에게 외친다.

"Ready Action!"

손님 초대는 집 청소부터 시작되었다.

식사 메뉴도 조촐하게 준비해 보았다.

'주야장천(晝夜長天) 설파하고 먹고 싸는 일만 반복하는 것이

아닌 행동하는 인문학 모임의 모습을 보여야 하는데.'

속으론 걱정이 이만저만 아니었다.

이런 걱정을 아신 듯 선생님은 교재 첫머리에 이렇게 쓰셨다

캠프나비의 행동하는 인문학의 길

자랑하려 들지 말고

길들이려 하지 말고

그냥 있는 그대로

보여 줄 뿐.

잡초로

흙에 뿌리내려

낮은 곳에서

비바람에 흔들리며

자유롭고 평화로운 삶의 안식.

습관의 노예에서

즉각 행동하는 일꾼

편한 삶을 버리고

열불나게 재미있는

주말 농장과 인문학 레저놀이로

나는 나를 고용해 다르게 산다.

이번에도 거의 보이지 않는 시력으로 교재를 만들어 오셨다.

한 자 한 자 마치 수를 놓듯 아로새긴 책자.

"나는 나를 고용해 다르게 산다"

참 멋진 말이다

삶을 기분의 끝없는 변화라고 묘사했다면 나는 이제 우리 내면에 변하지 않는 것이 있어서 마음의 모든 지각과

상태를 분류하고 있다는 말을 덧붙이지 않을 수 없다.

각자의 내면에 있는 그 의식은 차등 조절자이며 때로는

하느님과 동일시하고 때로는 자신의 육신과 동일시 한다.

삶 위에 삶이 있으니 그것은 무한한 등급을 이루고 있다.

의식에서 비롯된 감정은 모든 행위의 존엄성을 결정한다.

——『랄프 왈도 에머슨 자연』(랄프 왈도 에머슨 지음, 은행나무) 중에서

12시가 되니 마치 원탁의 기사들처럼 하나둘 도착한다.

오랜만에 모였으니 자기소개를 하고 간단한 점심을 먹기로 했다.

콩국수를 준비했는데 선생님의 열강으로 국수가 다 불어 버렸다.

가장 맛있게 해서 드리고 싶었는데.

식사 후, 과일 몇 쪽 주전부리 몇 쪽 놓았는데 꾸중하신다.

'맞다. 버리는 음식은 다시 땅을 병들게 하지.

이제 지나친 음식 문화를 자제해야겠다.'

우리 모임에 맞는 적당하고 즐거운 먹거리를 연구해야겠다.

"바다에 가 봅시다."

선생님이 먼저 제안하셨다.

여기서 40년 가까이 살았어도

나는 바닷물에 들어가 본 적이 없었다.

시부모님 뵈러 와서 놀러 나간다는 것은

있을 수 없는 일이라서?

왜 그랬는지 모를 일이다.

효도란 무엇일까?

부모의 즐거움과 안락을 위해

자식의 자유와 희생을 담보 잡는 것?

시부모님도 부모에게 배운 대로 나에게 행한 것일 뿐

선한 의도도, 악한 의도도 없을 것이라 생각한다.

시절은 바뀌어도 생의 모습은 바뀌지 않는 인습의 굴레 같다.

밤하늘의 별만큼이나 많은 철학자들은

무수한 종이를 없애며 써 내려갔겠지,

인습에서 탈출하자고.

과연 그들은 그 굴레에서 탈출했을까?

40여 년 동안 한 번도 들어가지 않은 집 앞 바닷가.

내가 지나갈 때마다 바다는 말했겠지.

"저 바보, 오늘도 그냥 지나가네."

그러나 이제 당당하게 말해 본다.

“바다야, 이제 내가 왔노라.”

파도에 나를 띄우고 잠시 우주 속에 유영하는

착각에 빠져 봤다고나 할까.

제법 찰랑대는 이 파도도 끌어당김과 밀어냄의 우주 놀이고

지는 해도 지구의 시소 타기 같다.

자연의 변화를 나름 해석하며 파도 타기에 깔깔거리다가

모터보트를 타자는 의견이 나와 좋다며 타려다가

선생님께 꾸지람을 들었다.

“공해를 유발하는 놀이는 제발 그만 둡시다.”

역시 한순간도 놓치지 않으신다.

일몰이 시작되자 물에서 나와 전망대로 향했다.

“언제나 일몰은 눈물이 나.”

돌아보니 촉촉한 눈가의 눈물을 훔치신다.

“감성 충만, 깐돌이 만세!”

가까운 곳에서 저녁을 먹고 다시 집에 모였다.

저녁 강의 주제는 “엔트로피(Entropy)와 앤솔러지(Anthology)”

그러나 단번에 이해하기엔 역부족이다. 재수강이 필요하다.

다음 날 아침, 한여름 비가 주룩주룩 내린다.

모두가 비 내리는 풍경에 넋을 놓는다.

꽃밭에 나무들은 흥겨워 마냥 어깨춤을 추어 댄다.

비가 오면 피하느라 뛰기 바빴고,

유리창 너머로만 보던 비를

바로 앞에서 느끼니 다들 좋아한다.

비를 못 느끼고 살다니 우리 참 서글프게 사는 것 같다.

나도 덩달아 기분이 좋아졌다.

60년 넘은 오래된 촌집, 이 집에서 살던 사람들은

한 번도 하지 않은 모임이 이뤄지니

집의 품격이 높아지고 집도 좋아할 것 같은 기분이 들었다.

끼니 걱정과 매일 반복되는 고된 노동,

일거리 없는 노총각 노처녀의 한숨소리.

내가 시어머니께 들었던 이 지붕 아래 역사다.

지난 60여 년 동안 여기선 많은 일이 일어났었다.

탄생과 죽음이 있었고, 눈물과 웃음이 있었고,

절망과 기다림이 있었다.

무엇보다도 희망이 있었기에 집이 무너지지 않았으리라.

나는 오늘 여기서 일어난 희망적인 소모임이
역사를 다시 쓰게 되지 않을지
심장을 두근대며 상상해 보았다.

밤은 깊어가고 우리의 생을 다듬는 이야기는 끝이 없었다.
지구가 과연 인간 멋대로 사는 것에 대해 화내지 않을런지,
이미 화내기 시작했는지,
인간들은 지구의 이런 심정이나 아는지 열띠게 이야기했다.
이런 분위기에 맞춰 강의 주제는 "우주"가 되었다

천체 지도를 머리 속에 가지고 계신 것 같은
해박함에 두 손 두 발 다 들었다.
"우주는 다른 우주에 속해 있고,
그 우주는 또 다른 우주 속에 있고,
이 거대한 우주가 수없이 많습니다."
불경에 나온 강가강(힌디어, Ganga, 갠지스강)의 모래만큼의 우주.
"그러니 제발 쩨쩨하게 살지 맙시다."
그저 침묵과 떡 벌어진 입만이 우리의 대답이었다.

비가 잦아들면서 헤어짐을 준비했다.

그 어떤 생명체보다도 특혜를 받은 지구별에서 태어난 인간.

조금은 이타적이고 어두운 곳에 불 밝히는 자의 마음으로

덤으로 주신 자연과 소통하며,

살롱 문화가 마을 곳곳마다 번지기를.

그리하여 331킬로미터를 가지 않아도 되는 날이

오기를 희망하면서

떠나는 이들의 뒷모습에 합장했다.

세 번째 소풍
: 내린천을 따라 인제로 들어가다

2021년 9월 11일,

새벽 5시 길을 나섰다.

6월 4일, 처음 향했던 그곳을 향하여 간다.

가속 페달을 밟는 발에 자꾸 힘이 들어갔다.

어서 가자.

벼랑 끝에 이른 삶은 허공에서 길을 찾는다.

그때 몸 전체가 허공을 만지는 눈이어야 한다.

길 아닌 길을 밟는 몸 전체가 허공을 만지는 눈이어야 한다.

길 아닌 길을 밟는 몸 전체가 지네처럼 섬세한 발이어야 한다.

——시 "진화론"(김대주) 중에서

차분하면서도、기대되고、
그러면서도 떨리고、
떨리면서도 설레는。

벼랑 끝에 선 내가 온몸에 눈이 생기고

온몸에 발이 생겨

그곳까지 갔단 말인가?

그래. 벼랑 끝에 선 날 밤,

우연히 선생님의 사는 모습이 보았다.

지네처럼 섬세한 발이 온몸에 돋아

허공의 길을 따라 홍천으로 간 것을 시인은 어찌 알았을까?

"11시까지야. 시간 어기면 안돼."

카랑카랑하던 선생님의 목소리를 저장한 덕분에

10시 30분에 도착했다.

3개월 전과는 사뭇 다른 내 모습이었다.

그리고 생전 마주한 적도 없는 사람들과 만나야 한다.

이런 기분을 나타내는 명확한 단어는

국어사전에도 없는 것 같다.

차분하면서도, 기대되고,

그러면서도 떨리고, 떨리면서도 설레는.

9월의 샘골은 6월보다는 좀 더 청량했다.

6월은 여름 초입으로 좀 더운감이 있었는데,

9월의 샘골은 벌써 가을을 유혹하는 바람이 살랑댔다.

"선생님"

부르면서도 목이 메었다.

마당에 계시던 선생님은 나를 알아보지 못하셨다.

'아, 선생님의 시력이 사라지고 있구나.'

그럼에도 선생님은 근심하지 않으신다.

지난밤에 가족과 함께 미리 와 있던 엘크 님.

언제 봐도 다정하고 믿음직스럽다.

'아내와 성년이 된 아이들과 함께한 모습을 보니 더욱 멋지구나.'

언제나 헤벌쭉 웃는 황용금 님.

황 선생님이 선생님 댁을 방문했을 때 황용금(동양란의 일종)

꽃이 한창일 때여서 그 애칭을 지어 주셨단다.

또 한 분은 영화 평론가 전찬일 선생님.

전찬일 선생님은 까까머리 중학생 때

평생 하고 싶은 일을 정했다고 한다.

그리고 그 일을 흰머리가 휘날릴 때까지 하고 있다.

오로지 영화 평론에만 몸을 바친 사람.

삶을 직업으로만 살지 않고 소명으로 살아가는 사람이다.

‘세상을 향해 걷는 이들의 발걸음은

하늘의 별만큼이나 많구나.

그래서 그의 몸짓은 당당한가 보다.’

선생님도 그렇게 느끼셨는지 애칭을 ‘봉황’이라 하셨다.

전설의 새 봉황, 누구도 본 적은 없지만

찬란한 날개를 펴는 새를 상상하고 인정한다.

정말 평론가답게 오색찬란한 어휘력을 가지신 분이었다.

선생님은 보는 이마다 즉흥적으로 애칭을 지어 주신다.

기발하면서 해학적이다

애칭을 짓는 이유는 무엇일까?

지금까지 부모님이 지어 주신 이름 석 자로

살아온 껍데기를 한 번 버리라는 뜻과

너 자신을 다시 보라는 뜻 아닐까?

구구절절 설명 붙이지 않으시며

그저 유쾌한 농담으로 행해지는 애칭 짓기에는

설명할 수 없는 의식이 있다.

성당에서 나는 '베로니카'라는 세례명으로 불리었다.
성당에서는 그것을 본명이라 했다.
원래 이름은 세속 명이고,
세례받으며 받은 이름이 '본명'
진짜 이름인 것이다.
자신의 옷자락으로 고통받던 예수의 얼굴을 닦아 주며
슬퍼했다는 성녀 베로니카.
그녀처럼 살아보라는 건가?
아무튼 본명을 받던 날 무척 성스러웠던 감정에 젖은 것은
기억나지만,
성스러운 생활로 이어지진 못했다.
한때 존경하는 스님께 '선명심'이라는 법명을 받은 적도 있다.
순간순간 깨어 있으라는 의미였다.
그럼에도 깨어 있지 못했다. 이름값을 못한 것이다.
인도 영성 수행단체에서는 나를 '아샤'라고 불렀다.
'거룩한 봉사를 하는 자'라는 뜻이라 했다.
거룩한 봉사란 무엇일까?

나는 아직 그것에 대한 답을 찾지 못했다.

봉황 님은 후에 애칭을 'P.O.(피오)'로 변경하셨다.

'퍼블릭 오지라퍼'의 약자 P.O.란다.

내 애칭을 스스로 지어서 바꾸는 것도

이 모임에서는 거리낌없다.

나는 누구라고 스스로 외치는 것이 얼마나 멋진가.

지금 나는 '은방울꽃'이라 불리는데

언젠가 다른 이름으로 불릴 수도 있고,

다른 이름으로 불러 달라고 할 수도 있겠지.

나는 누구인가?

별명을 붙이자면 천 개 만 개까지 붙일 수 있을 것이다.

누구라고 부를 수 없다고 그것이 내가 아니겠는가?

무엇이라고 정하여 말할 수 없다고 그것이 내가 아니겠는가?

내가 초대한 류 선생님은 파주에서 출발했는데

길이 막혀 장장 5시간 만에 도착했다.

2013년 상담공부 클럽에서 만난 류 선생님은

참으로 거칠 것 없는 여장부이면서도

섬세한 안개꽃 같은 여인이다.

언제나 환히 웃고 남을 배려하는 그녀에게 선생님은

'양귀비'라는 애칭을 지어 주셨다.

마약으로 주위 사람을 취하게 하란다.

그녀는 그런 여인이었다.

애칭 작명 덕분에 한바탕 웃음이 터졌다.

이천에서 오는 임 원장님이 도착하셨다.

본업은 수의사이신데 꼭 동네 이장님 같다.

애칭은 '구절초'

수수하고 다정한 모습이 애칭과 은근 어울린다.

선생님과 같은 동네 여인 미래 씨가 왔다.

애칭은 '모란꽃'

손이 커서 바리바리 먹을 것을 가득 준비했다.

손수 담근 김치, 누룽지, 선생님이 준비하신 과일.

아니 평소에 먹을 것 좀 적게 먹자고 외치던 선생님이셨는데,

사과와 포도가 상자 채 나온다.

'역시 선생님도 나랑 닮았네.

싹은 자라 아름드리 나무가 되어

종달새에게 둥지를 틀 수 있게 내어줄 것이다。

그 그늘 아래 인간으로서 즐기고 싶다。

남의 입에 들어가는 걸 소소하게 준비할 순 없지.'
전 세계 특파원 출신 '백로' 님이 오셨다.
함부로 말을 붙일 수 없는 카리스마와 고고함이 있다.
역시 우리 선생님은 애칭을 잘 지으신다.

이제 올 사람 다 왔다.
오늘 점심 메뉴는 캠프나비의 퍼스트 먹거리
사막에서도, 알래스카에서도 언제나 편리한 누룽지다.
누룽지라는 게 건식이다 보니 끓이면 엄청나게 불어난다.
(너무 많은 양을 끓이는 바람에 다음 날 아침까지 먹게 되었다.)
누룽지에 김치, 된장, 멸치 이것에 더하여
맑은 공기, 웃음소리.
이것 이상 더 바랄 것이 뭐가 있겠는가?
청정 지구에서 소박한 밥상과 우정.
우정을 영어로 friendship이라 하는데
단어의 숨은 뜻이 짜릿하다.
"한 배를 탄 인간"
결코 혼자서는 배를 끌고 갈 수 없다.
지구 배에 올라탄 인간들의 운명은

한날한시에 몰락할 수도 있다.

설거지를 끝내고 모여 앉았다.

선생님 앞에 뭔가 수북히 쌓여 있다.

한 사람, 한 사람에게 줄 선물을 준비해 놓으신 것이다.

싹둑싹뚝 자르는 단호함 속에 언제나 다정함이 있다.

사람에 대한 사랑.

본인의 육친 사랑에서 인간 사랑으로 사신다.

모여들 사람들을 떠올리며

소박한 선물을 준비한 선생님의 사랑.

하나하나 포장하면서

그의 마음속에 솟았을 사랑을 생각한다.

봉황 님(영화평론가)은 출판한 책을 가져오셨다.

『봉준호 장르가 된 감독』

돌아가 그들의 세계에 빠져볼 생각에 설렌다.

나는 소박한 감상문을 제출했다.

지난 6월 4일 이후, 우리가 보낸 행적을 기록하고 사유하며

선생님이 외치는 먹고 똥 싸는 일 말고

적어도 이 시대에 머물렀던 자로서의 명상을 적었다.

누군가 이 문을 열고 들어오는 자、
그만의 애칭을 듣게 되겠지。
천 개의 바람 속에서
본디 나로 돌아오는 길을 보게 될 것이다。

천 개의 바람 속으로 날아가겠지만,
아침 이슬로 잠시 반짝이다가 흔적 없이 사라지겠지만,
바람과 이슬이 모여 소나기가 되고,
그 소나기는 대지를 적시고,
대지의 숨어 있던 씨앗을 움트게 할 것이다.
싹은 자라 아름드리 나무가 되어
종달새에게 둥지를 틀 수 있게 내어줄 것이다.
그 그늘 아래 유유자적(悠悠自適)하고 싶다.

간단히 자기소개를 하고선 엘크 님이 만든
인터넷 카페 소개가 이어졌다.
"캠프나비 행동하는 레저 인문학"
카페를 만든 첫 번째 목적은
그동안 선생님의 치열한 인생 행로와
여러 군데 흩어져 있는 원고들을 한 곳에 정리하려는 것이다.
양주의 선생님과 구례 엘크 님이
밤마다 선생님의 컴퓨터에 접속해
그동안 묻혀 있고, 잊혀진 원고들을
하나씩 끄집어 내는 작업을 했다고 한다.

참으로 앨크 님의 공로는 크다.

오늘의 기억도 지금은 생생하지만

언젠가는 사라질 유한한 것이며,

언젠가는 시대에 맞지 않는 구닥다리가 될 수도 있겠지만

시간이 허락하는 그날까지라도

선생님의 삶과 정신을 알리겠다는 취지다.

카페를 만든 두 번째 목적은

나처럼, 앨크 님처럼 아스피린 한 알에 두통이 낫듯이

간단하고 명료한 삶의 법칙을

몸으로 실천한 이의 소리를 들으라는 것이다.

벼랑 끝에 선 덕분에 귀가 열린 자,

벼랑 끝에 선 덕분에 눈이 떠진 자,

구구절절한 설교 없이 몸으로 보여 주는 교사,

자신의 삶에 만족하며 사는 것이 즐거운 인생 순례자,

분명 선생님의 삶은 전설이 되리라 믿는다.

누군가 이 문을 열고 들어오는 자,

그만의 애칭을 듣게 되겠지.

천 개의 바람 속에서

싹은 자라 아름드리 나무가 되어

종달새에게 둥지를 틀 수 있게 내어줄 것이다。

그 그늘 아래 유유자적(悠悠自適)하고 싶다.

본디 나로 돌아오는 길을 보게 될 것이다.

그 길은 순간 이동의 길이라 할 수 있다.
“너는 자유와 평등이구나.”
선생님의 이 말을 듣는 순간 본디 나로 돌아왔듯이
본디 나로 돌아오지 못한
수많은 예비 자유자와 평등자를 맞기 위해
이 카페는 만들어졌다.

자유와 평등은 자연 속에 묻힐 때 비로소 보이기 시작한다.
최소한의 장비로 자연에 머물면 보인다.
내가 살아가는 동안 결국 추구해야 했던 것임을
그것을 다른 곳에서 찾고 있었던 것임을 알게 된다.
우리는 시간을 사는 사람.
1초 머물다 1초에 사라지는 우주의 작은 모래 같은 존재.
그러나 우리의 유한함을 건너뛰는 글이 있어
고대인과도 접속할 수 있다.
지금은 메타버스의 시대!
누군가가 강렬히 원할 때 그는 이 카페에 접속하게 되리라.

우리의 간절함은 항상 접속하게 되어 있다.

예상치 못한 방식으로.

그것으로 인류는 성장해 왔다.

선생님과의 만남도 형체 없는 간절함으로 이어졌다.

카페 안내를 마치고 우리는 인제로 이동했다.

인제군 인제읍 하추리.

인제로 가는 길은 내린천을 끼고 도는 아름다운 길이었다.

아무리 한반도가 작아도 나는 남쪽 호남평야에 사는 사람.

평원이 많아 산이 멀리 있다.

내린천을 따라가는 나는

마치 이국에 나온 것 같은 착각에 사로잡혔다.

운전하는 내내 차창 밖으로

거대한 공룡이 따라오는 듯 했다.

성큼성큼 따라오는 산들의 휘파람 소리,

이어지고 이어지는 에스 자 모양의 길은 왈츠 같았다.

쿵짝짝 쿵짝짝 잊히지 않는 이 길을

다시 한 번 오리라 다짐해 본다.

그러나 선생님은 항상 말씀하신 말이 떠오른다.

"두 번은 없다."

이런 것도 해당되지 않을까?

다시 온들 그때 그 풍경은 아닐 수도.

한 시간여를 달려 구절초 님 별장에 도착했다.

졸졸졸 흐르는 개울 곁에 위치한 한적한 별장은

고요하고 깊은 산속의 오두막 같은 정겨움을 주었다

원래는 저녁 식사로 춘천 막국수를 먹기로 했다.

그런데 구절초 님이 김치찌개를 해 놓으셨다.

저녁 메뉴로 막국수는 맞지 않다며

손수 밥하고 찌개 끓이신 것이다.

넓은 거실에서 따뜻한 국물과 밥을 먹으니 행복했다.

선생님은 멀미를 하셔서 드시지를 못 했다.

내가 인제의 공룡 같은 산에 취해

꼬불꼬불 왈츠 운전을 하다 보니 멀미를 하신 것이다.

그럼에도 지친 기색이 없으시다.

열강으로 인하여 목소리는 갈라지셨고

(코로나로 잠시 쉬었던 강의 시간이 그리우셨나보다.)

속이 좋지 않아 수저를 못 드시면서도 거뜬하시다.

"멀미쯤이야."

참으로 감사한 일이고 멋진 분이시다.

주위에 구십 넘은 노인이라 함은

모두의 보호를 받는 아기가 되어 버렸는데.

내 나이 94세는 어떤 모습일까?

선생님처럼 당당하고 우아한 모습이고 싶다.

저녁 식사 후

나의 변화된 이야기를 하는 시간이 주어졌다.

사람의 갈등은 대부분 인간사와 인간 대사에서 온다.

인간을 둘러싼 일과 그 일을

설명하거나 해결하려는 대사가

항상 문제가 된다.

"아니 어떻게 그런 말을 할 수 있어."

싸움이나 갈등의 마지막엔

이 대사가 등장한다.

나의 눈물을 꿰뚫어 보신 선생님은 말씀하셨다.

"시시한 이야기는 하지 마."

단호하고 명료한 이 지적이 있었던 날 이후

나는 다시 말하기, 듣기, 읽기, 쓰기

훈련을 하고 있다.

다음은 엘크 님의 하모니카 연주가 이어졌다.

언제 들어도 애절한 하모니카 소리.

이번엔 집시 풍의 노래를 선곡해 오셨다.

나는 즉석에서 선생님께 춤을 청했다.

선생님의 사교춤 실력은 대단했다.

역시 지구촌 여행 고수답다.

나를 뱅뱅 돌리시더니 결국 엎어지고 말았다.

뒤집어지고 엎어지는 춤판과 이어지는 합창소리.

산중 음악회, 산중 마당놀이가 따로 없다.

11시가 되어 선생님은 일정 종료를 선언하셨고,

모두 잠자리에 들기로 했다.

그러나 여운이 남아있는 몇 명은

곡차를 마시며 자리를 뜨지 못했다.

마음은 새벽까지라도 계속하고 싶지만

내일을 위해 불을 껐다.

인제의 새벽,

각자 산책하고 각자 공기 맛을 본다.

나도 선생님과 오솔길을 걸었다.

아침식사는 어제 남은 누룽지에다 된장, 멸치, 김치.

이 소박한 반찬이 왜이리 맛있을까?

그것은 하루쯤은 우리 어깨에 맨 짐을

잠시 내려놓게 만든다고나 할까?

단 몇 시간의 자유가 이토록 싱그럽다면,

생 자체가 자유롭다면, 얼마나 환희에 찰까?

규칙과 법칙이 문살처럼 짜인 삶에서 벗어나

맨발의 발레리나가 되어 삶을 누비는 춤을 출 자유로움.

나는 우리 모임에서 묘한 감정을 느낀다.

동그랗게 모여앉아 이야기했을 뿐인데 왜 생기가 도는지,

동그랗게 모여앉아 멸치, 고추장에 누룽지만 먹었을 뿐인데

왜 이리 맛있고, 진수성찬이 부럽잖은지.

사람도 자연의 한 부분이다.

자연에 머무르니 피로감이 사라지고

아름다운 풍광 속에서 스트레스가 사라진다.
자연과 같은 사람들과 함께하면서
억압된 감정은 해방감을 느낀다.

집에 돌아온 후 양귀비 님에게 전화가 왔다.
알 수 없는 눈물이 계속 흘러나오고 있다고 했다.
몇 달 동안 억누르던 감정이 녹았는지
마음이 많이 편안해졌다고 했다.
우리는 피로회복제도 먹지 않았다.
비타민도 먹지 않았다.
진수성찬도 먹지 않았으나 오히려 더 생생해졌다.

캠프나비의 알약 처방!
나 또한 명랑한 에너지가 충전되어 까불까불해졌다.
비 온 뒤 바짝 살아난 뜰 앞 채송화같이 룰루랄라.
이렇게 사는 것이다
내일부터는 내 안에 가득찬 이 싱그러운 에너지를

만나는 이들에게 맘껏 베풀리라.

캠프나비 파이팅!

박상설 깐돌이 파이팅!

네 번째 소풍
: 회문산국립공원에서 프로이드와 함께

바람이 선들한 10월이다.

올해 10월에는 8-10일까지 3일의 황금 연휴가 있다.

금요일인 7일 오후 반차를 내고

회문산 자연휴양림을 향해 출발했다.

우리나라 자연휴양림은 어딜 가나

숲이 우람하고 사용료가 저렴하다.

그러나 지금은 코로나 시국, 예약하기가 쉽지 않다.

더구나 한 달에 단 하루만 예약이 열리는 터라

자리 잡기는 하늘에 별 따기다.

용케도 선생님 바우처 카드로 예약이 되었다.

참석 인원은 선생님과 엘크 님과 나였으나,

구절초 님, 황룡금 님과 그분의 아내 나도풍란 님도 오기로 했다.

서둘러 도착하니 이미 선생님과 구절초 님은 와 계셨다.

여기는 4인 기준이라서 야영장 하나를 더 예약하여
텐트 한 동을 치기로 했다.
숲속 야영장으로 이동하여
내가 가져간 2인용 텐트를 설치하는데
이래도 안 되고 저래도 안 되고 심지어 앞뒤 구분도 되지 않았다.
선생님은 이런 우리를 보고 혀를 끌끌 차셨다.
30분 이상을 난리법석을 떨다가
겨우 쓰러져가는 초가집 같은 텐트를 완성했다.
얼마 전 변산에서 단독 캠핑하면서 숙지했다 싶었는데
또 되지 않았다.
내 손에서 무엇이든 유연하게 이루어지려면
무던한 연습이 필요하다는 걸 새삼 다시 깨달았다.
독서와 글쓰기, 자연주의 생활을 모토로 하는
캠프나비 정신도 마찬가지일 것이다.
이번 2박 3일 동안 선생님께 확실하게 텐트 치는 요령을
배워야겠다는 생각이 들었다.
저녁 8시, 황용금, 나도풍란 님 부부가 도착함으로
오기로 한 사람은 모두 모였다.

엘크 님은 구례 장날 샀다는 능이버섯을 넣고 끓인 백숙과
맛깔난 반찬을 가져오셨다.
나는 이가 약한 선생님을 위하여 부드러운 음식만 준비했다.
황용금 님이 가져온 떡, 과일, 고구마며 간식거리를 더하니
풍성한 저녁이 되었다.
식사 후 빔 프로젝터를 설치하고,
세 번째 소풍 때 찍은 영상을 감상했다.
갈수록 편집 기술이 좋아져서
조만간 다큐멘터리 감독으로 데뷔해도 될 정도였다.
지금은 우리끼리 동굴에 모여 좋아하고 있지만
우리 모두가 세상을 떠난 후 우리의 발자취와 기록들이
삶을 좀 더 재미나게 살고 싶은
누군가의 지도가 되고 나침반이 되리라 믿는다.
인류 역사는 그렇게 이어 왔다.

이누이트 족의 노래

새벽이 밝아오고 태양이 하늘의 지붕 위로 올라올 때면
내 가슴은 기쁨으로 가득 찹니다.

겨울에 인생은 경이로 가득 차 있었습니다.
그러나 겨울이 네게 행복을 가져다 주었습니까?

아니오. 나는 신발과 바닥창에 쓸 가죽을 구하느라
늘 노심초사 했습니다.
어쩌다 우리 모두가 사용할 만큼 가죽이 넉넉하다 해도
그렇습니다. 나는 걱정을 안고 살았습니다.

여름에, 인생은 경이로 가득 차 있었습니다.
그러나 여름이 나를 행복하게 했습니까.

아니오. 나는 순록 가죽과 바닥에 깔 모피를 구하느라
늘 조바심쳤습니다.
그렇습니다. 나는 걱정을 안고 살았습니다.

빙판 위의 고기 잡는 구멍 옆에 서 있을 때
인생은 경이로 가득 차 있었습니다.
그러나 고기잡이 구멍 옆에서 기다리며 나는
행복했습니까.

아니오.

물고기가 잡히지 않을까 봐

나는 늘 내 약한 낚시 바늘을 염려했습니다.

그렇습니다. 나는 늘 걱정을 안고 살았습니다.

잔치 집에서 춤을 출 때, 내 인생은 경이로 가득 차

있었습니다.

그러나 춤을 춘다고 해서 내가 더 행복했습니까.

아니오. 나는 내 노래를 잊어버릴까 봐

늘 안절부절못했습니다.

그렇습니다. 나는 늘 걱정을 안고 살았습니다.

내게 말해 주세요.

인생이 정말 경이로움으로 가득 차 있는지

그래도 내 가슴은 아직 기쁨으로 가득 찹니다.

새벽이 밝아오고, 태양이 하늘의 지붕 위로 올라올 때면.

— 이누이트족 코퍼 지파의 전통적인 노래(류시화 엮음)

무명의 시인들이 부른 노래는

시공을 초월해 곳곳에서 울려 퍼진다.

인생이란 기쁨으로 가득한 경이로움이라고.

엘크 님의 영상을 보고 있노라니 경이로운 환희가 몰려왔다.

"와, 와."

감탄사만 연거푸 나왔다.

영상 속의 아름다운 미소와 노랫소리,

우리를 둘러싼 풍경까지 정말 경이로움으로 가득 차 있었다.

영상 시청이 끝나고,

7박 8일의 걷기 순례를 마친 구절초 님의 이야기를 청했다.

70대 노신사인 구절초 님은

남파랑 1,460킬로미터의

마지막 구간을 완보하셨다.

하루에 30킬로미터씩 8일 동안 42,000보를 걸으셨다고 한다.

그 따끈한 소감을 묻는 우리에게 담백하게 답하신다.

"별거 없어요. 아무 생각 없이 걷는 것이 행복이고,

수행이고, 명상입니다."

구절초 님이 굳이 혼자 걷기를 좋아하는 이유는

여럿이 걸을 때는 속도도 서로 다르고
시작과 끝도 달라 번잡스럽다셨다.
아무 생각 없이 걷고 싶을 따름인데,
거리낌 없는 발걸음 내딛기를 원할 뿐인데,
펼쳐지는 풍경만을 원할 뿐인데,
얼굴에 스치는 바람과 코끝을 스치는
동네 냄새를 누리고 싶을 뿐인데.
그러려면 혼자! 혼자여야 한다고 하셨다.

나도 최근 이십여 명이 걷는 걷기 동아리에 끼어
해파랑 1코스를 다녀온 적이 있다.
체력이 부족하니 계속 일행에서 멀어지고
뒤따라 가려니 발은 점점 무거워졌다.
저 앞에서 나를 기다리는 일행에게 미안해 마음도 무거워졌다.
하루가 그저 고생 길이었다는 기억만 난다.
함께 걷는 이들에게 미안하지 않으려면
하루에 20킬로미터 정도는 가볍게 걸을 수 있는
체력이 있어야겠다는 생각이 들었다.

우리는 걸을 때 어디로 걸어갈지 망설인다.
그런데 어디에 있든 집을 목적지로 삼아 걷기 시작한다면?
얼마나 안정된 목적지인가!

선생님이 구절초 님에게 물으셨다.

“언제까지 걸으실 예정입니까?”

“걷는다는 게 행복이더라고요. 살아서 걷는다는 게….

그래서 살아 움직이는 순간까지 걸을 겁니다.”

구절초 님이 맨 처음 걷게 된 동기는

서울 동참 모임에서 술 한 잔 하고 돌아오면서 생각했다고 한다.

‘내일 떠나자.’

그래서 그 다음 날 바로 속초를 거쳐 강릉으로 가서

거기서부터 대관령을 넘어

경기도 이천 집까지 걸어오셨다고 한다.

이것은 대단한 정보였다.

우리는 걸을 때 어디로 걸어갈지 망설인다.

그런데 어디에 있든 집을 목적지로 삼아 걷기 시작한다면?

얼마나 안정된 목적지인가!

선생님은 목적지도 필요 없을 때

진정한 여행의 시작이라 하시지만

그것은 고수의 경우일 때고.

나 자신에게 의미 있는 곳이 집이라면,

그곳을 향해 걸어오는 마음은
마치 전장에서 고향으로 가는
병사의 그리움 같다고 하면 너무 과장일까?
구절초 님의 걷기 추억담에서 월척을 건졌다.

선생님이 말씀하셨다.
“내가 걸어보니 85세까지는 걷고 싶은 만큼 걸어지더군요.”
“그러면 저한테는 아직 시간이 많이 남아 있군요.”
구절초 님이 환희 웃으며 좋아하신다.
나도 얼른 셈을 해 본다.
‘아직은 아름다운 시간이 충분하군.’

구절초 님의 내년(2022년) 계획은
서해안 남파랑길 110구간 1,800킬로미터에 도전하신단다.
1월 중순 추위가 살짝 가라앉는 날이 시작이라고 하시는데
그날만 생각해도 가슴이 설렌다고 하셨다.
그러나 걷기도 여건이 허락해야 가능하다고 하신다.

첫째는 의지!

많은 이들이 걷기하면 "그까짓 거." 하며 내일이라도 당장 시작할 것 같지만 어림없는 소리.
하고 싶다는 사람만 많을 뿐 길을 나서는 사람은
마음 먹은 사람에 비해서는 그리 많지 않다

둘째는 건강!
큰 병 없으면 떠날 것 같지만
낯선 곳에서 잠들지 못한다는 사람,
음식을 가려야 하는 사람은 쉽게 떠날 수 없다.
망망대해를 헤엄치듯 걷다가 쉼터에서 몸을 뉘이고,
다음 날 명랑한 기분으로 길을 나설 수 있는 건강과
이것저것 따지지 않는 용기는 필수다.
자연과 환경에 일치되어 노는 것도 큰 행운이다.

셋째는 시간!
현대인의 발목을 가장 크게 잡는 것이 시간일 것이다.
일주일 혹은 삼사 일이라도 무념무상(無念無想) 걷기에
몰입할 수 없는 사정이 많다.
이래저래 걸릴 것 많은 산만한 인생이여.

혹시 은퇴자들은 가능하지 않을까 해도 천만의 말씀이다.
솔직히 절대적인 시간이 없는 게 아니라
자기자신에게 쓰는 시간에는 인색하다는 이야기다.
누군가와 까페에서 만나 차 한 잔하고 술 한 잔하는 것은
가볍게 할 수 있지만
혼자서 걷는 시간을 내는 것은 쉽게 결정하지 못한다.
혼자라는 절대 고독만이 홀로서기의 첫걸음일 터인데.
혼자 놀 줄 안다면 노후 준비 반은 한 것이나 다름없다.

넷째는 경비!
이번 7박 8일 동안 두 분이서 쓴 경비가
130만 원이라고 하셨다.
"비바람 맞아가면서 왜 돈을 쓰세요?"
이렇게 사람들이 묻는단다.
그러니 신이 허락해야 된다는 말도,
신과 함께 걷는다는 말도 과장이 아니다.
그만큼 채비가 쉽지 않다.

"그래도 이제는 많은 사람들이 발자국을 남기니 괜찮아요.

가는 곳마다 안내판이 있고,
두루누비 앱이 있어서 편리합니다."
구절초 님의 말에 마음은 더욱 설레여
당장 다음주라도 떠나고 싶어진다.
선생님이 구절초 님에게 질문하셨다.
"기록하신 것은 없나요?"
"처음에는 기록했는데 그것도
부질없다 생각이 들어서 안 해요.
그저 걸어요.
멋진 시인들의 시와 아름다운 노래를 불러주는 이,
그들과 함께 걸어요.
그리고 여름 시즌에는 덥고 숙소도 없어서 쉬어요.
삼 개월 쉬었다가 시작하니 첫날은 힘들더라고요.
둘째 날은 좀 풀어지고 셋째 날부터는 거뜬해져요."

구절초 님은 법원조정위원을 20년 이상을 하셨는데,
해결사로 앉아 있었지만
오히려 그때 많이 배우셨다고 한다.
법정에까지 온 사람들 말을 들어보면

양쪽 말이 다 맞다고 하신다.

그러나 칼 위에 선 자들처럼

한 치의 양보가 없기에 거기까지 온 것이다.

옳은 자와 옳지 않은 자,

그들을 갈라서 두 줄로 줄을 못 세운다는 것이다.

옳은 자도 없고 옳지 않은 자도 없는 것이다.

그들의 하소연을 들어주다 보면

어느새 분노도 아이스크림 녹듯이 녹아내리고

한 걸음씩 뒤로 물러가 타협을 보게 된다는 것이다.

인간사 거기서 거기라고.

그래서 걸으면서 오직 한 생각만 하신다고 하셨다.

"절대 선도, 절대 악도, 금 그을 수 없는 세상입니다.

그래서 그래그래 하면서 걷고,

맞아맞아 하면서 걷고,

좋아좋아 하면서 걷습니다."

최고의 명상이다.

두뇌 상태를 푸른 하늘로 만들고

쇼팽의 야상곡이 흘러나오게 하는 것이니

하루 여덟 시간 걷는 것이 어찌 즐겁지 아니하겠는가!

선생님의 당부 말씀이 이어진다.

"이제 코로나 끝나 여행이 자유로워지면 여행을 많이 갈 건데, 되도록 여행사를 거치지 말고 단독 혹은 몇 사람이 모여 여행하되 길 위의 여행을 했으면 좋겠어요.

해외여행을 해 보면, 외국은 안내판도 모두 자연적인 재료로 만들어 쓰고 있어요. 여기 회문산은 텐트 한 동 치는 곳에도 다 데크를 만들어 놓았는데, 이것도 자연 훼손이에요. 안내판도 돌이나 나무를 사용해야 자연과 어우러지지요. 그게 멋진 거예요.

외국은 둘레 길도 오히려 빙빙 돌려 만들어 놨는데, 그 이유는 여기서 머물고 바라보는 시간을 가지라는 의미예요. 그걸 램블링(rambling)이라고 해요."

어슬렁어슬렁 걸어가는 램블링,

지구 여행자들의 걸음걸이다.

내일 일정은 아침을 먹고 바로 해산하기로 해서

선생님이 준비하신 강의를 듣고 잠자리에 들기로 했다.

강의 주제는 정신분석학자 프로이드(Sigmund Freud)와

에릭슨(Erik Homburger Erikson),

스키너(Burrhus F Skinner)에 대한 간단한 소개다.

세 사람 모두 성격 형성은

6세 이전 부모와의 관계에서 비롯된다고 주장했다.

오래 전에 들은 이야기다.

어느 부인이 자신의 아이를 데리고 재혼했는데

남편에게도 같은 나이의 어린 아이가 있었다.

착한 부인은 되도록 본인이 낳지 않은 아이에게 더 각별한

사랑과 관심을 기울였다.

그럼에도 본인이 낳은 아기는 토실토실 건강하게 크는데

재혼한 남편의 아기는 약하고 자주 아팠다.

남편은 필시 자기가 보지 못할 때

뭔가가 있을 거라고 의심하고

수시로 감시를 했건만 뭔가를 발견하지 못했다.

그러던 어느 날 밤 남편은 기이한 것을 보았다.

엄마를 사이에 두고 두 아이가 자고 있었는데

안개 같은 기운이 부인에게서 나와

낳은 아이에게 흘러 가더라는 것이다.

부인의 무의식은 사정상 다른 아기에게 집중하는

안타까움을 알고 있는 것이다.

자는 동안이라도 자신의 아기를 바라보는 정직한 모성.

과학적으로는 믿기 어려우나 심정적으로는 이해가 간다.

프로이드도 말했다.

무의식은 의식 밖에 있기 때문에

자신이 자각하지 못하는 정신생활의 일부로써

그 내용을 자신이 영원히 알지 못할 수도 있으며

가끔 일부가 전의식으로 넘어가 거기서

인식 되는 경우도 있다고 한다.

나의 무의식은 어디로 흘러가고 있는 것일까?

나의 무의식은 의식의 어떤 지점을 터치하고 있는 것일까?

궁금하다.

지금 이러한 활동에 몰입하고 치유 받기를 원하는 것은

어떤 무의식에 기인한 것일까?

프로이드의 부모는 프로이드의 탁월함을 보고

어려운 환경에서도 학업을 계속할 수 있도록 지원하여

의학도가 된다.

반면 에릭슨은 정규과정을 거치지 않고

심리학 연구자가 되었다.

에릭슨 또한 명석한 아이였으나 자유 분망한 공부를 통해 학자가 된다. 나중에는 인도로 건너가 간디에 대해 연구하고 『간디의 진리』(GANDHI'S TRETH, 연암서가)라는 책도 쓴다. 또한 흑인이 사회에서 정당한 권리를 갖는 것, 급변하는 사회와 인정이 메말라 가는 현실 속에서 소외된 청년들의 삶을 되찾게 하는 것에 힘을 쏟았다. 멋진 인생 학자다. 연구실 안의 글자를 캐먹는 학자가 아닌 것이 마음에 든다.

에릭슨은 심리사회적 발달단계를 8단계로 나누어 연구하였다.

그중 나는 8단계의 마지막 단계인 노인기에 관심이 간다.

신체적인 노쇠와 직업으로부터의 은퇴, 친한 친구와 배우자의 죽음 등으로

인생에 대한 무력감을 느끼게 되는 시기라 정의하고 있으나

1902년생인 에릭슨이 살아 있다면 119세.

지금 세상은 그가 있던 세상과 사뭇 다르다.

은퇴자들 이후를 모두 노인기라 할만큼 단순하지 않다.

어느 학자는 노인기를 세 가지로 나누었다.

영 올드(oung old)

미들 올드(middle old)

올드 올드(old old)

이렇게 노인의 삶은 길어졌다.

인생 후반전은 전반전과 아주 다른 새 출발로 볼 수 있다.

결혼도 졸혼이 생길 만큼 다양하게 변화되었다.

서로의 인생 방향을 인정하면서 동거하거나 서로의 삶을 지지하여 분리해서 살거나 아예 분리한다. 자녀의 양육을 마친 노부부의 삶은 앞으로도 변화가 많은 부분이라 관심사다.

노인의 삶이 평안하길 바란다.

노인들의 삶이 멋지기를 기대해 본다.

고집만 남은 노인, 시야가 좁은 노인, 욕심과 집착만 남은 노인, 생각만 해도 끔찍하다.

스키너는 조작적 조건 반사로 유명한 학자다.

소설과 시를 좋아했던 스키너는 작가가 되고 싶었으나 자신이 말할 만한 중요한 것이 없어 작가의 길을 포기하고 인간과 동물의 행동에 관심을 보여 하버드대학교 심리학과 대학원에 등록한다.

그래도 나중에 스키너는 『월든 투』(Walden Two, 현대문학)라는 소설을 썼다. 우리나라에도 번역되었다 하니 기회가 된다면 읽어 보고 싶다.
스키너는 보상이 주어지는 강화로 인해 인간의 행동에 영향을 미칠 수 있다고 했다. 노인들에게 어떤 보상을 주면 남은 생을 후손은 자유롭게 해 주고, 자신들의 삶을 가꾸고 독립적인 삶을 살까? 나의 벗인 노인들을 위해 연구할 만하지 않은가?
그러나 스키너도 1905년생, 현재 나이 116세.
지금은 메타버스의 시대,
과연 이 이론이 어디까지 맞을지 의문이다.

나는 다만 프로이드가 주장한 개인의 발달과업은 부모로부터의 해방이라고 한 것에는 동의한다. 지금은 부유해진 부모 아래서 응석부리며 영원히 아이로 남아 있는 자녀들을 많이 본다.
그들의 노인기가 궁금하다. 그들의 그늘막인 부모가 세상을 떠나면 땡볕 아래 어떻게 지낼 것인가?
정신 심리학은 상담이라는 인류애적인 산물을 출산했다.
그전에는 약물치료부터 주술까지 심리치료에 수많은 방법이 동원되었다. 상담을 통해 치유가 이루어진다는 것은 놀라운 발전이 아닐 수 없다.

그러나 우리 주위에 상담할 곳은, 정신과 병원뿐이다.
그곳마저도 많은 비용을 요구하고
정신적 문제아라는 딱지마저 붙는다.
상담을 전공한 이들은 의사들의 밥그릇 싸움에
후배들을 대상으로 상담공부 과외선생이나 하는 형편이다.
장작이 있어도 군불을 지피지 못하는 것이
과연 상담뿐이겠는가?
물에 빠진 사람은 많은데 규격에 맞는
동아줄만을 규정하는 인간사가 답답하다.

프로이드나 에릭슨은 역시 세상에 대한 통찰력이나
인간에 대한 이해가 남다른 것 같다.
우리 선생님을 존경하는 이유도 바로 이거다.
꽤 뚫어 보신다, 환히.
그래서 정답이 명쾌하다.

다음날 아침 식사를 마치고,
우리는 세 곳으로 나뉘어 헤어졌다.
구절초 님은 결혼식 참석을 위하여,

황용금 님 부부는 고창 여행을 위하여,

선생님과 엘크 님과 나는 숲속 캠핑을 위하여 곡성으로.

우리는 보성강이 흐르는 죽곡캠핑장에 도착했다.

본격적으로 스카우트 교육이 시작되었다.

"자, 먼저 타프를 치자."

"그다음 끈을 묶어 봐."

"에휴, 끈이 뭐 이리 약해."

"여기 묶어."

"아니지, 그렇게 묶으면 안되지."

"자, 끌어 당겨."

"혼자서도 타프 치는 법을 알아야지."

"타프 방향은 그때그때 다르게."

하도 우렁차게 가르치시니 옆에 캠퍼가 슬그머니 오신다.

"뭐 좀 도와드릴까요 ?"

우리가 텐트 치는 것을 모르는 줄 알고 도와주러 오셨단다.

그분은 차박 맨으로 루프탑에 텐트까지

대궐 같은 집을 지어 놓으신 분이었다.

우리 세 사람은 텐트 두 동을 두 시간 여에 걸쳐서,
꼼꼼한 강의와 함께 완벽하게 설치했다.
우아하게 처진 타프는 기가 막히게 아름다웠다.
끈의 매듭도 얼마나 야무지고 예쁘게 묶으시는지
역시 노장의 노련함은 아름답다.
골프에서 처음 필드를 나가는 이들에게
'머리 올린다'는 표현을 한다.
우리도 오늘 캠퍼로서 머리를 올렸다.
일종의 캠퍼 성인식이다.

텐트 치느라 제법 땀을 흘린 우리는 차로 10분쯤 가면
목욕탕이 있다는 정보에 따끈한 목욕을 먼저 하기로 했다.
개운하게 목욕 후 해먹에 누우니
꿀맛 같은 바람이 마사지를 해 주었다.
해가 지고 있었다.
우리는 등을 밝히고 저녁식사를 했다.
고요한 숲속에서 도란도란 이야기하며
담백한 음식을 먹는 이 기분을 어떻게 비유할까?
아이와 같은 마음이 되어 동요를 읊조린다.

우리들 마음엔 빛이 있다면

여름엔 여름엔 파랄 거예요

산도 들도 나무도 파란 잎으로

파랗게 파랗게 덮인 속에서

파아란 하늘 보고 자라니까요

-

푸른 하늘 은하수

하얀 쪽배에

계수나무 한 나무 토끼 한 마리

돛대도 아니 달고 삿대도 없이

가기도 잘도 간다 서쪽 나라로

네 번째 소풍은 수십 년 전 누군가가 심었을
아름드리 나무의 숲과 밤하늘의 별들을 선물로 받은
날이다.
숲을 만든 이는 막대기 같은 어린 나무를 심어 놓고
그늘에 한번 앉아 보지 못한 채 생을 마쳤겠지.

아버지가 70세쯤 되었을 무렵

누군가 산모퉁이 땅을 갈아 먹으라고 주었다.

아버지는 매우 기뻐하시며 그곳에 해마다 무언가를 심으셨다.

농사 경험이 없는 아버지의 수확은 늘 쭉정이뿐이었다.

어느 해 아버지가 기뻐하며 전화하셨다.

"얘야, 올해 땅콩은 실컷 먹을 것 같구나.

땅콩이 아주 잘 자라고 있어."

그러나 그해 가을, 땅콩은 단 한 알도 나오지 않았다.

잎만 무성할 뿐 땅 속 열매는 한 톨도 맺지 못한 것이다.

곡성 숲에 누워 난 아버지를 생각했다.

나의 모든 것을 사랑해 주셨던 아버지,

아버지와 둘이서만 간직한 비밀이 얼마나 많았던가?

한국전쟁 때 혈혈단신으로 월남하셔서

그 가혹한 시간을 견디며 우리 사 남매를 기르셨다.

우리가 모두 성장하자 정작 아버지에게는

아버지를 지탱할 고정적인 수입이 없으셨다.

그러나 나는 여전히 우리를 키우시던 커다란 거인 같은

아버지로만 생각했을 뿐

아버지의 애환을 알지 못했다.

아버지 생신에 알량한 선물이나 들고 가는 것이 효도인양
아버지의 쓸쓸한 지갑은 생각지도 못했다.
산비탈 거친 땅을 손으로 다 일구는 게
노인들의 여가활동에 좋으실 거라 여겼다.
땅콩 농사를 망쳤다고 실망하시던 아버지 말씀에
깔깔깔 웃어 버린 철없던 내 모습에 모진 후회가 밀려든다.
왜 아버지 손을 꼭 잡아 드리지 못했을까?
그저 땅콩 한 됫박 금액으로밖에
아버지의 수고를 헤아리지 못했을까?
그 땅에 뿌린 노고를 나는 왜 그리 섭섭하게 대했을까?
긴 고랑들을 괭이로 일일이 파헤쳐 한 알의 씨를 심고
먼 곳의 물을 떠다 어린 싹에게 부어 주며
아버지는 남은 생을 근심하셨겠지.
아버지의 고독한 시간에 함께하지 못한 후회가 드는 이 밤
저 별에서 나를 바라보시려나?

'아버지,
그 별은 마음에 드세요?
곧 만나요, 우리.'

아침이다, 새 아침.

어느새 저쪽 텐트에서 도란도란 이야기 소리가 들린다.

"굿모닝, 선생님."

"어, 잘 잤는가?"

"네, 푹 잘 잤습니다."

나의 멍자국은 이제 거의 날아갔다.

다섯 번째 소풍
: 태풍과 눈보라가 몰아치다

네 번째 소풍을 다녀온 후

더욱 열심히 주말에 활동적인 일을 하려고 마음 먹었다.

자유를 확장시키고 그 자유의 품질을 다듬고 싶어서다.

방종과 같은 자유가 아니고, 움직임이 없어도 자유로운

그런 자유로움을 찾고 싶은 것이다.

자유롭게 사는 것은 끊임 없이 이어지는 현재 순간에 내리는 당신의 선택을 즐기며 사는 것이다. 사람들은 묻는다. 이 세계는 자유의지로 만드는 것인가? 아니면 결정된 운명에 따르는 것인가? 둘 다 맞다. 세계는 결정된 운명에 따르는 것이기도 하고, 자유의지로 만드는 것이기도 하다. 본인이 이런저런 조건에 얽매여 있음을 알고 그것들을 넘어설 때 당신은 자유롭게 살 수 있다. 그러나

그것을 알지 못한 채 이런저런 조건에 얽매여 있으면, 당신은 자유의지를 행사하지 못하고 결정된 운명에 따라야 한다. 당신의 외부 세계는 당신의 내면세계를 비추는 거울이기에 당신의 선택과 해석이 서로 간섭하여, 서로를 만들어 낸다. 당신은 선택도 아니고 간섭도 아니다. 그 둘의 근원이 당신이다. 그러기에 여기서 가장 중요한 역할은 말없이 지켜보는 것이다. 당신의 선택과 해석에 대하여 깨어 있으라. 드디어 선택의 자유를 경험하게 될 것이다. 말없이 지켜봄이 깨어 있음이다. 자기한테 깨어 있는 것이 지금 여기 현존하는 것이며, 심오한 지혜요 진정한 평화이다.

—『우주 리듬을 타라』(디팩 초프라 지음, 샨티) 중에서

행선지를 고르던 중에 섬진강 국제실험예술제가
열리고 있다는 정보를 들었다.
작년에도 이 예술제에 대해 듣고 궁금했었던 기억이 났다.
홈페이지 접속해 보니 아니 이게 웬일이야.
홍신자와 함께하는 식사 명상 프로그램이 있었다.

토요일 11시,

시간도 나에게 딱이다.

전화해 보니 접수가 가능하단다.

더구나 장소도 캠프나비의 첫 발대식이 있던

곡성 강빛마을이었다.

홍신자는 아방가르드 무용가, 명상 수행자, 작가, 20세기 한국의 가장 영향력 있는 예술가 중 한 사람으로 꼽힌다. 이사도라 덩컨, 니진스키, 마사 그레이엄 등과 함께 '동양 전통에 뿌리를 둔 서양 아방가르드 무용의 꽃'으로 선정되었고, 독일 순회공연 당시 '한국의 피나 바우쉬'라는 평을 받기도 했다.

1940년 충남 연기에서 태어나 숙명여대 영문과를 졸업하고, 미국으로 건너가 만 28세의 나이로 뒤늦게 무용계에 입문했다. 1973년에 "제례"를 발표, 「뉴욕 타임스」의 이례적 호평을 받으며 뉴욕 무용계에 데뷔했다. 뉴욕, 하와이를 거쳐 1993년에 한국으로 돌아와서는 1994년부터 경기도 안성에서 16년 동안 '죽산예술제'를 통해 세계적인 전위 예술가들을 초청했고, 2014년엔

'제주 국제 힐링&아트 페스티벌'을 개최했다. 그리고 71세 때인 2011년 독일인 베르너 사세라는 한국학자와 결혼했다. 현재에도 존 케이지의 곡 "네 개의 벽", "거울", "리베르타스" 등 국제무대에서 솔로 공연을 하면서 인문학 콘서트, 힐링 캠프도 진행하고 있다.

대중은 보통 홍신자 님을 이렇게 소개한다.
홍신자 님과 밥을 먹다니, 부푼 마음으로 곡성으로 달렸다.
곡성 강빛마을에 도착하여 세미나실에 가 보니
벌써 다 모여 자기소개를 하고 있다.
홍신자, 어느새 83세.
자그마한 체구 그러나 고고하고 당당한 자세로 앉아 계셨다.
식사 전 잠깐 걷자고 하셔서 마을의 짧은 둘레길을 걸었다.
걷기 명상에 대한 짤막한 안내가 있었다.

"걸을 때는 오직 걷는 나만을 의식하라."
"발바닥이 땅에 닿고 발을 옮기고, 움직이는 나만을 보라."
"I'm only walking. I'm only walking. I'm only walking."
그러나 나는 집중하지 못했다.

신발 속에 모래가 들어간 것이다.

신발도 굽 달린 구두라 불편했다.

차라리 신발을 벗고 싶었으나 무리 속에서 이탈될 것

같았다.

한 시간 여를 걷는 동안 다른 생각이 계속 들어왔다.

홍신자 님은 "생각은 내가 아니다."고 했는데,

모래와 싸우는 내가 영 불편했다.

그렇게 걷기 명상을 하고 세미나실로 돌아와 보니

음식이 다 차려져 있었다.

잡곡밥에 토란국, 도토리묵, 죽순 무침, 코다리찜,

미나리 무침, 숙주나물, 과일 샐러드.

식사 명상이라고 해서 가볍게 먹을 줄 알았는데

의외로 식탁이 풍성했다.

잠시 후 식사 명상으로 본격적으로 들어갔다.

먼저 식사는 가장 중요한 일과이므로

식사 전 내 몸을 완전히 편안한 상태로 만들라는 것이다.

그중에 가장 긴장을 많이 하는 목 근육을 풀어 주라고 하셨다.

"앞으로 뒤로 천천히 당겨 줍니다.

음식은 내가 먹고 싶은 순서대로 먹으세요。
다만 입안에서 미음이 될 때까지 씹으며
갖가지 나오는 맛을 음미하세요。

천천히 한 바퀴 돌립니다.
반대쪽으로도 한 바퀴 돌립니다."
너무 아프다. 이렇게 뭉쳤었나?
귀가 어깨에 닿게 하라는 데 안 닿는다.
예전에는 닿았는데, 문제 없이 닿았는데,
내 몸이 언제부터 이렇게 되었나?
밥상 앞에서 몸 풀기는 난생 처음이다.
그런데 좋다.
목 근육을 풀고 감사한 마음으로 잠시 묵상한 후에
식사를 시작했다.

"음식은 내가 먹고 싶은 순서대로 먹으세요.
다만 입안에서 미음이 될 때까지 씹으며
갖가지 나오는 맛을 음미하세요."

이것이 오늘 식사 명상의 핵심이다.
'완전히 부서질 때까지 씹고 느끼고 즐겨라.'
내가 오늘 여기 참여한 이유는
단지 유명인에 대한 호기심만은 아니었다.

나는 번갯불에 콩 구워 먹듯 밥을 먹었다.

뭐가 그리 바빴을까?

밥을 먹으면서 다음 할 일, 그다음 할 일을 헤아리다가

숟가락 놓자마자 뛰어나갔다.

위는 거의 씹지 않은 음식물이 들어갔으나

젊음의 힘으로 어느 정도 소화를 시키고 있었다.

설상가상으로 스트레스가 심한 날은 늦게까지 몽땅 먹고

포만감에 의지해 잠들곤 했다. 이런 악순환으로 어느 순간부터

나의 위와 장은 제 기능을 하지 못했다.

반복되는 변비와 설사에 소화제 복용까지.

배 속은 망가졌는데 음식을 넣는 습관은 그대로였다.

무엇이 문제인 줄 알지 못했다.

식사는 1부와 2부로 나누어졌다.

종이 울리면 식사를 멈추었다.

천천히 먹기 위함이다.

위는 다 먹었다는 신호를 늦게 알려 주기 때문에

조금 기다려 본다는 것이다.

나의 일거수 일투족이 무대 위의 무언극처럼

스포트라이트를 받는 식사였다.

풀어진 어깨 위에서 잔잔한 음악이 흐르고 있었다.

홍 선생님께 질문했다.

"그러면 대중 속의 식사는 어떻게 해야 합니까?"

선생님이 에피소드 한 가지를 말씀해 주셨다.

친구들과 식사하고 있는데 다들은 금방 먹고 일어서려 했다고 한다. 그래서 한마디 하셨다고.

"너는 사랑도 그렇게 빨리 후다닥 해치우니?"

인간이 가지고 있는 욕구 즉 식욕, 성욕을 제발 보듬어 주어라.

후다닥 해치우지 말고 거기서 머물러라.

거기서 즐거움을 만끽하고, 느끼고, 즐겨라.

우리에겐 주신 그 클라이맥스(climax)를 온전히 느끼고 감사하라.

조금 집중하면 될 것을, 오직 씹는 나를 기다리면 될 것을.

너의 머릿속에 종을 눌러라.

땡~~.

그때 널 바라보라. 널 내려다보라.

그리고 느껴라. 천천히 위로 향하는 음식을.

그런데 어떻게 우주가 우리의 하는 일을 방해하는가?
영적인 언어로 말하면 당신이 스스로 만든 자아상에
자신을 일치시킬 때 그리하여 내적 자아를 일치시킬 때
일반 언어로 말하면 앞으로 발생할지도 모르는 문제들을
염려하기 시작할 때 뭐가 어떻게 잘못될 것인가를 걱정하기
시작할 때 만사를 통제하려고 할 때 혼자라는 느낌으로
두려워할 때 그때 당신은 자연의 지능이 작용하는 것을
방해한다.

—『우주 리듬을 타라』(디팩 초프라 지음,
샨티) 중에서

그동안 나에게 있어 식사란
되도록 빨리 먹고 다음 작업을 하는 것과
여럿이 먹을 때는 온갖 잡담 속에서 먹고 먹고
또 먹어서 배가 터질 지경에 이르는 두 가지 뿐이었다.
한 가지 더 있다.
슬픔과 음식을 잔뜩 비벼서 밤새도록 먹은 후

구토하며 슬픔을 버리는 일이었다.
거룩한 식사가 없는 동안
나의 위는 기능을 상실해 버린 것이다.
이 시스템을 초기화하고 싶다.
오늘이 그날이 되기를 빌었다.

곡성에서 명상식사에 참여하고 있는 동안
캠프나비족들도 여기저기 자유로운 소풍 길을 떠나고 있었다.
엘크 님는 어느 빈집 마당에서 홀로 텐트를 치고
만추 속에 풍덩 빠져 있었다.
박상설 선생님과 황용금 님은
다른 일행을 이끌고 홍천 샘골에 들어가셨다.
샘골에서 무슨 활동을 할까 궁금했는데
메신저를 통해 사진이 온다.
융합학 박사와 고교생 두 명, 황용금 님, 박상설 선생님의
우주와 별 탐색이 새벽 2시까지 이어지고 있다고 한다.
사진만 봐도 흥미진진하다.
우리의 진안 모임도 다가온다.
'그때 자세한 이야기가 나오겠지.' 했는데

뜻밖의 태풍이 서서히 형성되고 있었다.

다음날, 엘크 님에게 숨넘어가는 전화가 왔다.
선생님이 무척 화가 나셔서 모든 행동을 중지하라고 하셨다는 것이다. 아니나 다를까 잠시 후 대화방도 나가셨다.
이번 진안 모임은 이미 참가자와 프로그램이
다 짜여져 있는 상태였다.
거의 일정표까지 완성된.
그런데 선생님이 이번 주말에 만난 사람들을 초청해서
별 탐색 이야기를 듣자고 제안하신 것이다.
대형 천막까지 쳐서 그 안에서
이야기를 하는 방식으로 하자고 하셨단다.
아이들에게 힘을 주고 또 어른들이 배워야 할 점이
많다는 것이다.
이에 엘크 님은 현재 있는 사람들만으로도
시간을 안배하기 힘들고,
모임 장소도 비좁고 고교생은 여기 모인 사람들과
합일되기 힘들어 진행에 맞지 않다고 말씀드렸다고 한다.
나도 엘크 님의 의견에 동의했다.

그런데 이런저런 의견이 오고가다가
다 그만두라는 말만 남기고 선생님이 돌아섰다고 한다.
그러자 엘크 님이 까무라쳤다.
사슴이 까무라치니 그것도 참 수습하기 힘들었다.
나는 엘크 님에게 말했다.

“엘크, 선생님께서 우리에게 심어 주신
첫 번째 모토가 걱정 근심하지 말란 것 아닙니까?
여기서 우리가 선생님을 놓친다 해도
걱정 근심하지 말고 재미나게 살아야 합니다.
선생님이 마른하늘에 날벼락을 때린 것도
훗날 다 의미가 있을 겁니다.”

그러나 순둥이 사슴은 물 한 모금 마시지 못하고 뱅글뱅글
돌기만 했다.

은방울꽃 누님께
엊저녁 누님의 소감문 두 편을 눈물로 읽고
아침에는 음성메시지를 눈물로 듣고

한숨 속에 무거운 발걸음으로 시작한 아침 출근길.
저희가 선생님을 모시고 신나게 달렸던 섬진강변 그 도로.

한동안 묵혀 왔던 그동안의 삶의 애환이 한꺼번에 몰려
들었습니다.
보통의 사람들은 실컷 울고 나면 속은 좀 후련해진다고
하던데 엘크는 지금 정상이 아닌 게 분명합니다.
속은 더 시려지고 답답함은 더해져 버렸어요.

엘크도 누님처럼, 누군가 쓰라린 나의 마음을 살짝
건드리기라도 하면 정말이지 통곡이라도 쏟아 버리고
싶었던, 모든 것을 포기하고 싶은 그 절박한 시점에서
우리 선생님을 만났습니다.
누님께서도 선생님을 존경하는 이유라고 하셨던 당장의
고민과 고통을 해소시켜 주는 듯한 명쾌한 통찰력 외에도
엘크는 이상하게도 살아 계셨더라면 비슷한 연배가 되셨을
아버지에 대한 '아픈 기억'때문이었는지,
환상일 수밖에 없는 어떤 '이상적인 아버지상'
그러니까 우리 시대의'바람직한 어른상'에 대한 어렸을

적부터의 남다른 갈증을 마음속에 품고 있다 보니
선생님을 더 따르고 싶었고 존경하게 되었는지도
모르겠습니다.

특히, 해박한 지식, 자연 속에서 끝없이 펼쳐지는 삶의
철학과 지혜, 무궁무진하고 재미있는 해학의 세계, 자상함,
따뜻한 인간애 등등 엘크가 동경해 왔던 그 모든 것을
두루 갖추신 선생님은 엘크가 지금까지 한 번도 경험해
보지 않은 새로운 세상에 대한 호기심까지 자극해 주시며
엘크의 삶에 대한 애착, 재미, 용기를 북돋아 주셨죠.

선생님을 만난 기간이 그리 길지는 않았지만 날마다
대화하고 소통하며 선생님이 엘크에게 깨우침을 주시고자
했던 그토록 소중한 가치들을 엘크가 망각한 채,
중요한 순간에 결국 행동으로 옮기지 못하다 보니
지금까지 쌓아온 모든 신뢰가 한순간에 무너졌을 거라고
생각되었습니다.
그 많은 시간 동안의 가르침이 헛되었다는 선생님의
실망감이 오죽하셨으면 그러셨을까. 자책감만 커집니다.

그렇지만 엘크는 선생님이 그동안 엘크에게 그 열정과
사랑과 은혜를 잊을 수가 없습니다.
이대로 모든 상황이 더 악화된다면 엘크는 평생을
선생님에 대한 죄책감 속에서 살아야 할지도 모릅니다.
못난 엘크에게 처음으로 따뜻이 손 내밀어 주신 유일한 분,
보잘 것 없는 엘크에게 '영원한 벗'이 되어 주시겠다고 하신
고마운 분, 부족한 엘크를 '공통 분모'처럼 생각하신다면서
기뻐해 주신 분.
그래서 선생님을 직접 찾아 뵈려 합니다. 무엇보다도 '엘크'
때문에 빚어진 문제이고, 선생님이 생각하고 계시는 문제의
핵심도 '엘크'이기 때문에 가서 충분한 대화를 나눠 볼까
합니다. 어느 누구에게도 상처가 되지 않을 기분 좋은
결과가 도출되었으면 합니다

법정 스님의 『무소유』(정태영, 휘닉스드림)에 보면
젊은 시절 도반과의 우정을 그린 내용이 있다.
법정 스님이 병 들어 몇 날 며칠을 몸져 누워 있을 때
(젊은 수행자들이 수행에 비해 영양이 부족하여 체력이 고갈된
상태였다. 그래서 감기가 들어도 회복되지 못한 것 같다.)

같이 사는 도반이 눈덥힌 길을 한나절을 걸어가 읍내 약국에서
약을 지어 다시 한나절을 걸어와 그 약을 먹이는 장면이 있다.
깨달음이라는 구도의 길을 가기 위해,
극도의 청빈과 절제와 추위와 굶주림을 채찍으로,
자신들의 망망한 자유를 위해,
끝도 없는 구도의 길을 가는 두 청년의 우정 이야기인데 후에
법정 스님이 그 당시의 도반을 몹시도 그리워하며
쓴 글인 것으로 기억된다.

순간 나는 엘크 님이 읍내 약국에 약 한 봉지를 사러 가기 위해
온종일 펑펑 내리는 눈길을 오가는
그 청년 스님과 겹쳐지는 것은 무엇일까?
지구별에 잠시 내린 한 존재가 먹고 똥 싸는 일이 아닌,
그 존재의 혼에 램프를 밝히고 발 아래 길을
바라보기 시작하는 것을 가르쳐 주신 선생님,
그 선생님과 분리되리라고는 꿈에도 생각지 않았는데
선생님 뜻은 확고했다.
엘크 님의 온몸은 눈보라로 꽁꽁 얼어 버렸다.
일주일 후 엘크는 도반의 약 한 봉지를 사러

눈보라 속으로 떠났던 젊은 구도자의 하염없는
발걸음으로 선생님을 방문했다.
선생님의 긴 설명 끝에 선생님의 취지를 이해할 수
있었고, 서로의 마음을 나눈 후 선생님의 마음도
풀렸다.
엘크 님도 다시 램프를 켜고 집으로 돌아왔다.
나는 하루가 지난 그 다음 날 선생님을 뵈러 갔다.
어색한 상봉이었다.
커피를 한 잔 내리시고 조용하고도
확고한 목소리로 말씀하셨다.

살롱이라는 프랑스에서 유래된,
우아하고 지적인 통찰을 논하는 파티와
캠핑이라는 야생과 문화가
융합된 시니어들의 놀이 공간으로 만들고 싶었다。
그 자체가 마당놀이가 되고 명상이 되고
타자에 대한 헌신이 되는 이 시대에 맞는 살롱 말이다。

"사람들끼리 서로 배우고 깨우치는 데는 남녀노소가 없어요.
나이와 성별을 불문하고 각자의 다른 의문을 한 텐트 안에서 풀
수 있을 때, 그것이 진정한 인문학 모임이지 서로가 취미가 맞는
사람끼리 모여 앉아 좋은 이야기만 하는 것은 취미 동아리지요.
그런 모임은 많고 많으니 그런 곳으로 가서 다 흩어져야지요.
고급 음식과 좋은 잠자리에서는 각자의 치열한 의문을 풀기
어렵습니다. 한 사람, 한 사람이 각자의 램프를 켜고 서로를
바라보세요. 그들이 하는 이야기를 집중해서 들어보세요.

수없이 텐트를 쳐 보지만 얼마 되지 않아 그곳은 그저 가벼운 농담과 호불호가 갈린 사람들의 사랑방이 되어 버리기 일쑤입니다."

선생님은 흥분을 가라앉히고 말씀하셨다.

"은방울꽃도, 앨크도, 황용금도, 피오도, 잭팟도, 구절초도 다 독자적 텐트를 치고 또 하나의 캠프나비가 되어야 합니다. 이것이 나의 바람입니다. 외로운 길이에요. 애지중지 여기던 것들도 어느 순간 아니다 싶으면 원점으로 돌리는 모질고 강인한 램프란 말이에요."

문득 파울로 코엘료의
『아크라 문서』(문학동네)라는 소설이 떠오른다.
적군이 쳐들어와 피비린내 나는 전쟁이 시작되기 전날 밤,
두려움에 가득한 시민이 콥트인이라 불리는 마을의 현자에게
전쟁이 어떻게 될 것인지 묻기 위해 모였다. 그러나 적군이
들어오는 발자국 소리를 들으며 묻는 질문은 뜻밖이었다.
패배와 고독, 자신의 존재감, 아름다움, 진로, 사랑, 시간,

우아함, 성교, 가족의 부양, 행운, 기적, 불안, 미래, 충심, 무기,
적을 대하는 법 등을 질문하고 답하는 형식으로 된 소설이다.
얼마나 황당한가? 적군의 말발굽 소리가 어지럽게 들리는데
우아함을 묻다니, 성교를 묻다니. 그들이 어디로 피난 가야 이
난리를 모면하고 목숨을 부지할 수 있는가를 묻지 않고 고독,
충심, 진로, 기적과 패배자에 대해 질문한다.
소설을 읽다 보면 묻는 자, 대답하는 자 모두 아름답다.
시대를 초월해 인간이 행복으로 가는 길에 갖는 의문은
별반 차이가 없다는 걸 알았다.
캠프나비족들도 이 화제로 밤을 지샐 것이다.
기쁨과 설렘이 가득한 소풍 길 늘 날씨가 좋을 리 없다.
태풍과 눈보라가 몰아친 이번 소풍이 무기한 연기되려나 했는데,
다행히 태풍도 멎고 눈보라도 그쳤다.

우리의 캠프나비는
살롱이라는 프랑스에서 유래된,
우아하고 지적인 통찰을 논하는 파티와
캠핑이라는 야생과 문화가
융합된 시니어들의 놀이 공간으로 만들고 싶었다.

그 자체가 마당놀이가 되고 명상이 되고

타자에 대한 헌신이 되는 이 시대에 맞는 살롱 말이다.

구도자들이 자신을 조련하며,

깨달음을 얻으려 피나는 노력을 했듯이

일반인들도 태어난 자의 삶을 나가기 위해

폭풍과 눈보라를 뚫고 달려야 했다.

이번 태풍은 캠프나비의 정체성을 만드는 데

또 하나의 램프가 될 수 있지 않을까?

눈보라 다음에 반드시 오는 게

만물이 생동하는 봄이 아니던가!

코로나 습격 사건

2021년 11월 14일,

양주의 선생님을 만나고 왔고 15일부터 감기가 왔다.

그 주간에는 행사가 많아 미리 16일 날 병원 처방을 받고

주사도 맞았다. 일반적인 감기 증상이었다.

목이 따끔거리고 오한이 들고 근육통이 있었다.

그러려니 했는데 18일, 양주의 선생님이

코로나에 감염되었다는 청천벽력 같은 소식을 들었다.

나는 부랴부랴 토요일인 20일 오전에 선별검사를 받았고

오후 5시 30분, 코로나 양성 판정이 나왔다는 전화를 받았다.

양주의 선생님과 만났던 양귀비 님, 모란 님, 엘크 님

모두 놀란 건 마찬가지였다.

나는 한 이틀 아픈 후 증세가 호전되고 있었고,

모란 님은 통증이 시작되고 있었고

양귀비 님는 경미한 증상이 있었다.

21일, 모란 님은 양성이 나왔고,

다행히 엘크 님과 양귀비 님은 음성이었다.

코로나 확진 판정이 떨어지자 보건소 직원과 통화하며

밀접 접촉자를 찾는 일이 마치 반공 시대의

간첩을 찾는 것처럼 느껴졌다.

그 주는 하필 만남이 많았다.

한 사람, 한 사람 찾아서 무슨 일을 했는지 캐묻고 무엇을

먹었는지 캐묻고 캐묻는다. 다 이야기하다 보니 멘붕이 왔다.

나와 만난 사람들의 감염 여부가 너무나 걱정되어 입안이

바짝바짝 타들어갔다.

코로나 바이러스가 몸에 들어온 순간, 요주의 인물이 된다.

일거수 일투족이 감시 대상이 되고 마치 대역죄인처럼

"미안해요, 죄송해요, 어떡해요."만 반복할 뿐 할 말이 없다.

코로나로 내 몸이 이상이 생길까 하는 걱정은커녕

나와 만남으로 인해 생겼을 감염 예상자를 찾는데

전전긍긍하다 보니 피가 마르는 하루였다.

내일 오전에 격리시설로 이동한다는

보건소 연락을 받으니 어느새 밤이 되었다.

전 지구를 다른 차원으로 옮겨 놓은 거대한 바이러스,
코로나 19가 드디어 나의 몸도 방문해 주셨다.
레지스탕스(résistance)처럼 비밀리에 모처의 방으로 이동하여
열흘 간 지내야 하는 작전이 시작되었다.
생활치료센터.
코로나 시대에 새로 나온 용어다.
다음 날 12시경,
내가 들어갈 생활치료센터가 정해졌다고 연락이 왔고,
가져갈 수 있는 준비물을 알려 주었다.

격리시설로(21일)

오후 1시 30분, 119 구급차가 집 앞에 도착했다.
차 안은 비닐로 둘러져 있어서, 비닐봉지 안으로 들어가는
느낌이었다. 시트 위에도 비닐로 덮혀 있으니 몸이 미끄러져
차가 움직일 때마다 이리저리 쏠렸다.
조금 가다 보니 멀미가 났다.
그러나 멀미가 난다고 119 대원에게 불평할 처지가 아니다.

만약 내가 구토라도 하면 119 대원은
얼마나 당황하고 힘들 것인가?
호흡을 가다듬고 참았다.
누구에게도 도움을 청할 수 없는 병, 극도로 외로운 병,
마지막 포옹도 허락하지 않는 병이다!
그러니 눈도 안 보이고 기력도 없는 우리 선생님은
어떻게 이동하실런지 걱정되었다.
언제나 사람은 혼자다, 혼자 해 나가야 한다고 주장하셨는데,
혼자의 한계는 어디까지인가?
선생님은 자신의 목에 시신기증동의서를 걸고
지구 전역을 달리시며 죽으면 그 자리서 묻히니
감사하다고 하셨다는데,
지금 혹독한 고독 속에서 선생님은 어떤 생각을 하실까?

사십여 분을 달려 전주 외곽 생활치료센터에 도착했다.
치료를 위해서 들어왔다기보다는 타인과의 접촉 금지를 위한
철저한 격리조치일 뿐이다. 안내문에는 택배 불가, 지인을 통한
음식물 반입 금지 외에도 살벌한 문장이 있었다.

감염병의 예방 및 관리에 관한 법률시행령 제23조에 따른 치료 및 격리의 방법 및 절차 등을 준수해야 하고 이를 위반할 경우에는 "감염병의 예방 및 관리에 대한 법률" 제 79조의 3에 따라 1년 이하의 징역 또는 1천만 원 이하의 처벌을 받을 수 있습니다.

이 방에서 탈출하면 징역 일 년이란다. 벌금이 일천만 원이란다. 입실도 엄중하다. 복도에는 단 한 사람씩만 지나다닐 수 있었다. 415호에 배정되었다. 24시간 대기하다가 차단된 방으로 들어오니 차라리 숨이라도 쉴 것 같았다. 눈 맞춤도 감염이 되는 양 119 대원이나 입실 안내자와 마주칠 때면 바짝 쫄아서 서로 눈을 피하는 참으로 괴로운 시간이었다.

방은 4층이라 전망이 좋았다. 늘어선 나무들과 고즈넉한 지평선은 코로나 사태를 모른 채 늦가을의 정경 그 자체로 펼쳐져 있었다.
이틀 동안의 긴장이 풀리고 멍한 상태로 한참을 바라보고 있는데, 누군가 복도를 걸어가는 발자국 소리가 나더니 곧바로 스피커에서 방송이 나온다.

"4층 복도 걸어가시는 여자분 지금 그 방향이 아닙니다.
반대로 걸어 가세요. 그 방향이 아닙니다."

어느 입실자가 방 반대쪽으로 걸어가는 것을 중앙통제센터에서 보고 지시하는 방송이었다.
얼마 전 보았던 "오징어 게임"과 똑같은 분위기다. 이름도 부르지 않는다. 그저 명령만 있을 뿐. 엎드리라면 엎드려야 하고 눈을 감으라면 감아야 한다.

오후 5시 반이 되자 딩동댕 소리가 나고 안내방송이 나온다.
"지금부터 저녁 도시락이 배달이 됩니다.
여러분은 다시 방송이 나올 때까지
누구도 문을 여시면 안 됩니다."
딩동댕.
"배달이 완료되었습니다.
환자분들은 반드시 마스크를 쓰시고
문을 조금만 여시고 도시락을 가져 가시가 바랍니다."
지시대로 도시락을 가지고 들어오니
딩동댕.

"지금 모든 문 손잡이를 소독 중입니다.
절대 문을 여시면 안 됩니다. 저녁 맛있게 드십시오".
이상한 영화 속에 들어와 있는 기분이었다.
도시락은 다 식은 상태였다.
먹을까 말까 망설이다 조금 먹기로 했다.
모래알을 씹는 것 같다는 게 이런 거였나 보다.
내일이면 나올 나와 접촉한 사람들의 결과 때문에 가슴에
바윗돌을 얹은 기분이다. 텔레비전 소리도 정신이 산란하고
책도 눈에 들어오지 않는다.

새벽 5시, 알람이 울렸다.
잠을 설쳐서 그런지 끄고 다시 잠이 들었다.
다시 일어나 보니 7시 30분, 이렇게 새로운 날이 시작되었다.

둘째 날(22일)

둘째 날은 나와 접촉했던 지인들의
음성 판정 소식을 들으며 하루가 시작되었다.

한 사람, 한 사람 음성 판정이 나왔다는 문자를 받을 때마다
안도의 한숨이 나오며 가슴을 쓸어내렸다.
어젯밤엔 비가 뿌렸었는지 땅이 젖어 있다.
멍하니 한참을 바라보았다. 자연은 언제나 평화 자체다.
그래서 자연과 마음이 일체 될 때 안식을 얻게 되나 보다.
빈 눈으로 유리창 너머를 바라본다.
촉촉한 늦가을의 평화와 늘 가지고 싶었던
혼자만의 휴식이 이런 모양새로 올 줄이야.

8시가 되자 다시 종이 울렸다.
딩동댕.
"환자 여러분, 지금부터 아침 식사가 배달됩니다.
배달이 다 끝날 때까지 절대 나오시면 안 됩니다".
딩동댕.
"배달이 완료되었습니다.
모두 마스크를 쓰시고 문을 조금만 열고
도시락을 가져가 주시기 바랍니다."
딩동댕.
"지금 문 손잡이를 소독 중이오니 절대 문을 열면 안 됩니다."

어제와 비슷한 모양의 도시락을 보니 영화 "올드보이"가
생각났다. 시간이 되면 들여보내는 군만두처럼
거의 같은 모양의 도시락이 배달되었다.
텔레비전을 틀어 보았다.
코로나 확진 삼천 명대 돌파라는 뉴스가 나온다.
도시락을 방바닥에 놓고 바라보다 얼마 전에 배운 식사 명상처럼
해 보았다. 십 분이면 먹던 밥을 최대한 천천히 먹으니 삼십 분이
걸렸다. 사 분의 일만 먹었는데도 배가 불렀다. 운동량이 거의
없으니 두 끼만 먹어야 되지 않나 싶다.
마음이 좀 싱숭생숭해서 텔레비전 채널만 돌리고 있는데 문자가
계속 왔다. 나와 만났던 사람들의 검사 결과를 알려 주는
내용이었다. 대부분 음성이라고 했다.
"다행입니다."
"감사합니다."
"수고하셨어요."
오전 내내 문자를 확인하고 답 문자를 보내니
어느새 점심시간이 되었다.

점심시간 알림 방송은 그전에 듣던 것과는 다른 내용이었다.

월, 수, 금은 각 방에 있는 쓰레기를 버리는 날인데 방에서 나오는 모든 쓰레기는 의료 폐기물로 분류되니 방 안에 있는 밀폐 용기에 담아 밖으로 내놓으라는 것이다. 바케쓰(양동이) 같은 것이 있어서 그냥 쓰레기통이려니 했는데 그게 의료 폐기물 통이었다. 한 번 닫으면 열리지 않는 통이니 사용에 주의하라는 방송이 나왔다.

폐기물 통을 내어놓으려고 문을 여니 새 통이 벌써 준비되어 있었다. 물론 사람은 보이지 않았다. 모든 행동지침은 운영본부 방송에 의해 주도면밀하게 이루어지고 있었다.

점심 도시락을 펼쳤다. 흰밥과 돼지 불고기, 나물, 김치, 김 가루, 된장국이다. 반찬 냄새가 코로 훅 들어왔다. 코로나 환자들은 대부분 후각을 상실했다는데, 나는 왜 냄새를 맡을 수 있는 걸까? 진짜 내가 코로나가 맞기는 한 건가?

잠시 의심했다.

둘째 날은 나와 접촉했던 사람들이 모두 코로나에 감염되지 않았다는 소식을 듣는 것으로 하루가 갔다.

불안감에 스마트폰을 뒤적거리다가, 텔레비전을 켰다가 책을 보다가, 여기저기 통화하다 보니, 어느새 밤 11시가 되었다.

독방에 있지만 분주한 날이었다.

셋째 날(23일)

딩동댕.

방송 소리에 잠을 깼다.

벌써 아침 식사가 배달되는 시간이었다.

화장실에서 양치하느라 잠시 지체했더니

바로 인터폰이 울렸다.

도시락을 들여가라고 했다.

다 보고 있다!

아침 메뉴는 샌드위치. 집에서 보리차 티백을 챙겨 왔더니

물 마시기가 한결 나았다.

그러나 아침은 건너뛰기로 했다.

움직임이 너무 없기 때문이다.

오늘은 텔레비전도, 스마트폰도

보지 않고 지내려고 마음 먹었다.

카오시키(KAOSHIKI)라는 요가 댄싱이 있다.

십오 분 정도 걸리는 이 요가 댄싱을 아침마다 한 적이 있다.

그때를 생각하며 몸을 움직이니 금방 콧등에 땀이 맺혔다.

여기 있는 동안 수시로 해야겠다.

아, 벌써 감옥 생활에 적응하기 시작한 것인가?

그리운 얼굴들

보리밥에 꽁치 한 도막 먹고

소금으로 양치질한다

하늘색 법무부 담요 위로

비스듬이 기대어 누워

팔베개 뒤로 하고

한 평 넓이 천장을 올려다 본다

담배는 끊은 지 오래고

티브이도 말동무도 없다

아직 조금은 더 기다려야

거미 친구들도 얼굴을 내밀라

언제나 이맘때면

세상에서 가장 편한 자세로

창살 너머 노을 진 하늘을 바라다 본다

그렇게 하염없이 바라보고 있노라면

허공 가득 떠오르는

그리운 얼굴들.

—황대권

내 삶은 주도한 대로 살게 된다고 철석같이 믿고 살던 한 젊은이가, 조작 간첩이 되어 13년 2개월의 억울한 감옥살이를 하게 된다. 어느 날부터 그 젊은이의 눈에 사소한 벌레와 풀이 눈에 들어온다. 그리하여 감옥 안에 풀이란 풀은 다 관찰하고 야생초 화단까지 만든다. 그리하여 일백여 종의 풀을 키우고 관찰하며 감옥을 초월해 다른 차원으로 살아낸 『야생초 편지』(도솔)의 황대권 님이 생각났다.

감옥을 투쟁의 장소, 감금의 장소가 아니라 존재를 실현하는 곳으로 살아낸 분. 1998년 석방 후에는 영국 임페리얼대학(Imperial College London)에서 생태 농업을 공부하고 2001년부터 생태 공동체를 이끌고 계신다. 문득 그분이 이끄는 생태 공동체를 한번 방문하고 싶다는 생각이 들었다. 벌써 출옥 후 계획이 생겼다.

내가 여기에 있는 동안 소요되는 경비를 헤아려 보았다. 편안한 잠자리와 샤워할 수 있는 온수, 매 끼니 식사 제공, 그외 소독제, 화장지, 식수 그리고 관리요원 비용이 만만치 않을 것이다. 사건이 나면 늘 정부 대응이 늦다고 불만을 터트렸다. 이번에 모처럼 정부의 서비스를 받는 입장이 되니 우리나라가 얼마나 발 빠르게 대처하는지 국가 수준이 올라갔음을 알게 되었다. 확진자가 삼천 명대라고 하니 그들 모두를 청결하고 위생적인 곳에서 격리할 수 있는 나라가 그리 많지 않을 것 같다. 헬조선이라 외치는 사람도 나름 이유는 있겠지만 육십 년대를 지나온 사람으로서, 발만 동동 구르던 시절을 살아온 사람으로서는 지금이 감사하다. 이런 날이 오기까지 얼마나 많은 이들의 무고한 옥살이와 피가 낭자한 비밀의 무덤이 있었던가!

넷째 날(24일)

주위의 긴박했던 상황이 어느 정도 정리가 되자, 여기 머무는 동안 시간을 잘 보내자는 생각이 들었다. 그러나 생각뿐 책이 손에 잡히지 않았다. 하는 수 없이 텔레비전을 틀고 멍하니 한나절을 보냈다.

다른 것은 감사하지만 매 끼니 같은 반찬에 식은 도시락은 거의 버리다시피 했다. 여기 운영자들도 이 도시락을 먹을까? 시중에서도 이 정도는 꽤 값을 줘야 할 것 같다. 아침밥은 김밥 한 줄 혹은 컵라면 한 개 정도로도 충분할 것 같다. 먹지 않고 다 버릴 바에야 주문 받아서 배식을 하든지 해야 하지 않을까? 음식물 쓰레기 처리 비용까지 생각하니 아깝다는 생각이 들었다. 백인백색(百人百色)이니 다 맞출 수는 없지만 경비도 줄이고 서비스 받는 사람도 좋으면 좋지 않은가.

코로나가 개인의 문제가 아니고 국가적 관리 문제라면 식사 부분은 아쉬운 면이 있는 것은 사실이다. 격리 대상자로서가 아니라 사람을 생각한다면 말이다. 이 안에서 맛있는 음식을 먹자는 게 아니다. 갇혀 지내는 사람들에게, 운동량이 없는 사람들에게 맞는 식사는 생각해 보지 않은 듯하다. 다만 격리자가 아니고 수감자라면 할 말은 없다.

하긴 우리는 그저 "운영본부에서 알려 드립니다."라는 방송에 귀 기울이고 복종하는 위험한 전염병 수감자일 뿐이다.

코로나 격리를 해 온 지도 1년이 지났다. 모든 것은 잘 진행되는 듯하다. 이런 질서 있는 시스템으로 보호받는 국민이 된 것이다.

문득 어릴 적 풍광이 생각났다.

멋없이 키만 큰 포플러 나무와 먼지 풀풀 나는 비포장 도로, 모든 하수도는 노천으로 나와 있어 지저분하고 냄새가 났다. 그나마 비가 와야 씻겨 나갔다. 그러나 지금 창밖은 티클 하나 볼 수 없는 정갈한 길과 가로수만 있다. 그 너머로 보이는 동화 같은 농촌의 풍경. 정말 잘 살아 보자고 온 국민이 똘똘 뭉쳐 이뤄 낸 오늘이다. 그래서 발 좀 뻗으려 했는데 3차 세계전쟁 같은 상황이 온 것이다. 공항이 폐쇄되고 길 가는 이들에게 총을 겨누는 코로나19 바이러스.

다른 나라는 죽은 이들을 묻을 겨를이 없어 시체를 쌓아 놓고 코로나 걸린 사람들은 밖으로 나오지 못하도록 현관문을 밖에서 못질하는 광경을 보았다.

누구나 공중을 붕붕 떠다니는 바이러스에 감염될 수 있는데, 확산을 막고자 전파 경로를 따져 물어야 하고, 사람들은 그것이 '너로 인해서'라고 또 누군가를 지목해야 하고, 그들에게 총알 없는 총부리를 겨눌 수밖에 없는 바이러스와의 전쟁이다.

다섯째 날(25일)

다섯째 날도 똑같은 방송, 똑같은 도시락으로 시작되었다.

백신 접종 50퍼센트에서는 코로나 확진자가 일천 명대였는데 지금은 백신 접종도 더 많이 했다는 데, 확진자는 더 늘어만 가는 걸까? 나처럼 백신 접종자가 코로나에 걸린 건 변이 바이러스라는데 이건 또 몇 종이 더 있는 걸까?
'돌파 감염'이라는 처음 들어보는 단어가 나오는 이 시대, 내가 숨쉬는 공기의 반은 바이러스란 말인가? 세상은 바이러스로 쌓여 있다. 적군도, 아군도 없던 바이러스가 어느새 적군이 되어 버렸다.
학자들은 무리한 생태계 파괴와 인간의 과욕으로 굳이 접촉할 이유가 없었던 바이러스와 접촉하게 되고 안개처럼 생기다 사라지는 바이러스 집단을 폭우로 만들었다고 주장하고 있다.
시간 속에 둥둥 떠다니는 바이러스 같은 나, 내 몸에 들어온 코로나 바이러스도 살 곳을 찾아 둥둥 떠다니다가 얼마 후에는

나도 이곳에서 7일을 보냈다고 볼 수도 있고,
70일을 보냈다고 볼 수도 있다.
그동안 나의 인식은 얼마나 숙성되었고
자아의 샘물은 얼마나 퍼올렸을까?

사멸할 것이다. 우주적으로 보면 바이러스나 나나 동격 아닌가.

여섯째 날(26일)

누군가의 묘지명에 "어영부영하다가 내 이럴 줄 알았다."라고
죽은 자의 한탄이 적혀 있었다는 데 오늘 꼭 기분이 그렇다.
7일이 금세 가 버렸다.
영화 "인터스텔라"에서 밀러 행성에서 보내는 한 시간이
지구의 칠 년과 맞먹는다는 것이 생각났다. 해일이 덮치는 밀러
행성에서 단 몇 시간을 보내고 오니 "아직 살아 있는 거죠?"라는
가족들의 애타는 메시지가 23년 동안 쌓여 있던 부분이 잊히지
않는다.
나도 이곳에서 7일을 보냈다고 볼 수도 있고,
70일을 보냈다고 볼 수도 있다.
그동안 나의 인식은 얼마나 숙성되었고
자아의 샘물은 얼마나 퍼올렸을까?
그런 시간 차이는 시공을 초월한 곳에서라야
가능하지 않겠느냐마는

철저히 홀로된 시간 또한 그런 일이 생길 수도 있지 않을까?

내일 퇴소를 위한 안내 전화가 계속 왔다.

"누가 직접 데리러 옵니까?"

"그 사람은 접종 후 14일이 지난 사람입니까?"

"퇴소 후에도 자가격리자 보호를 위해 휴대폰에 앱을 설치하고 하루 두 번 체온 체크를 해서 보고해야 합니다."

"퇴소 시에는 비닐장갑과 비닐 가운과 마스크를 모두 착용 후 안내방송이 나올 때까지 방에서 나오면 안됩니다."

"방안에 모든 쓰레기는 의료 폐기물이므로 밀폐통에 넣어 밖으로 내놓으십시오. 방 카드 키는 밖에 의자에 내놓으십시오."

도시락을 가져오면서 보면 복도를 중심으로 양쪽으로 방이 열 개씩 있어 한 층에 총 스무 개는 되어 보이는데 거의 도시락이 놓여 있다. 여기만 해도 이렇게 가득찼다면 전국적으로는 어마어마한 숫자다.

이렇게 잘하는 데도 새로운 확진자는

삼천 명대를 넘어서고 말았다.

'열심히 하다 보면 바이러스쯤이야 막을 수 있지 않겠지?' 하는 기대가 무너지고 있다.

일곱째 날(27일)

집에서 자가 격리 3일을 더 한다는 조건으로 퇴소하였다. 이 구역은 전혀 예상치 못한 특별한 자치구같다. 퇴소할 때는 완전 무장을 해야 한다. 마스크, 비닐장갑, 비닐 가운을 착용한 후에 방을 나서서 혼자서 복도를 걸어 퇴소 장소로 오면 마지막 소독하는 분들이 내 몸에 소독약을 칙칙 뿌리고 손 소독을 시킨다. 그리고 이름 확인한 후 비닐장갑과 비닐 가운을 벗어서 쓰레기통에 넣으면 끝이다. 단 몇 분을 걸친 수많은 비닐 옷들과 퇴소자를 거친 물건들은 모두 소각된다 했다. 소독은 또 다른 오염을 낳아 내 곁으로 돌아오겠지.
남편이 운전하는 차를 타고 집으로 돌아가는 길,
차 안에서 횡단보도에 서 있는 사람을 보니
새삼 지난 일주일이 꿈같이 느껴졌다.
바이러스를 소재로 했던 재난영화들이 얼마나 사실 같았는지 그들의 예견에 놀라울 뿐이다. 바이러스로 인한 전염병은 인간에게 고립을 선사한다. 환자를 격리할 능력 없는 사회는 혼란지경으로 빠지게 되어 있다. 밀려드는 환자를 볼 수 없어 아마 병원은 스스로 문을 닫을지도 모른다.

공룡이나 맘모스가 빙하시대에 멸종되었다는 설처럼 인간이 바이러스에 의해 지구상에 남아 있지 못하는 서막이 시작된 것은 아닐까? 다른 행성으로 살 길을 찾아 떠나는 SF 영화도 이젠 황당한 스토리라고 단정하지 못하겠다.

소설과 영화로 이 시대의 이야기꾼들은 지구의 미래를 예견하고 그 원인이 인간에게서 비롯되었다는 것을 끊임없이 말하고 있지만 담배 사업가들이 해로운 담배 생산을 멈추지 않은 것처럼, 헤롯 왕이 메시아를 죽이려 2살 아이를 다 죽였던 것처럼 무모한 인간사는 여전히 계속되고 있다.

흑사병이 돌자 마녀사냥으로 몰아 부친 그때를 그저 문명 수준이 낮았던 탓으로 돌릴 수만은 없다. 그때는 흑사병이고 지금은 코로나 19인데 벌써 아프리카에서 건너온 다른 바이러스가 슬슬 퍼지고 있다. 달나라까지 가서 깃발을 꽂았던 호모 사피언스가 바이러스에는 속수무책, 지구 전체가 뒤집어졌다.

우리나라는 바이러스 감염자들이 정부의 극진한 보호 속에서 격리되다가 집으로 돌아왔지만 어느 순간 그저 현관에 못질을 해 버리는 중국같은 상황이 올지도 모른다.

119 구급차 속에서 비닐봉지 안에 담겨진 모습으로 속이 울렁거려도 "저 멀미날 것 같아요."라는 말 한 마디를 못하고 쭈그리고 있어야 하는 절박하고도 고독한 병, 심장 박동이 멈추어도 누군가 선뜻 다가오지 못하는 병, "나 지금 너무 아파요."라고 인간끼리 기대고 위로할 수 없는 병, 죽어가는 가족의 마지막도 볼 수 없는 병이다.
누군가 초인종을 누르면
"누구세요?"
이 말 대신
"바이러스 검사 받은 증명서 보여 주세요."
이 말을 먼저 해야 한다면, 새로운 증명서를 갖기 위해 매일 아침 긴 줄을 서서 검사를 받아야 한다면, 하루 먹을 빵을 사기 위해 긴 줄을 섰던 사람들과 별반 다른 것이 없을 것이다.

하루 생존을 위해 매사 확인하고 마스크를 쓰지 않는 사람을 불량배 취급하는 이 가혹한 설정이 어서 끝났으면 좋겠다.
그래서 봄날 같은 원피스를 입고, 흥겨운 리듬에 춤추고, 이웃과 먹거리를 나누기 위해 초인종을 누르고, 보고픈 이를 만나기 위해 꽃집 앞을 서성대고, 비가 오니 포장마차에서 한잔하자고 전화하고, 불현듯 떠나고 싶은 날 무작정 배낭을 꾸려 떠날 수 있는 새벽이 어서 왔으면 좋겠다.

절박한 통화

나와 함께 있던 일백육십여 명은 음성 판정이 났다. 나도 열흘 만에 격리해제와 함께 완치되어 일상에 복귀했다. 하지만 양주의 선생님은 위중증 환자가 되셨다. 퇴원도 못하고 힘든 시간을 보내고 있었다.
달이 바뀐지 삼 일째 되던 날(12월 3일) 대형마트에서 장을 보고 있는데 선생님께 전화가 왔다. 지난달 18일 통화 후 처음이었다. 선생님은 가쁜 숨을 몰아쉬며 말씀하셨다.

"나는 이제 다 된 거 같아. 그러나 원 없이 잘 살았어.

은방울꽃과 엘크 많이 좋아했어. 은방울꽃 최고야.
캠프나비 잘 살려. 원 없이 잘 살았어.
캠프나비 잘 운영해. 이제 다 끝났어.
매년 6월이면 샘골에 놀러 와.
요즘 몇 달 우리들 만날 때 아주 재미났었어."
"선생님, 아니예요. 나오시기만 기다리고 있어요.
선생님 나오시면 파티하려고 준비하고 있단 말이에요."

목이 메어 말이 안 나온다. 하지만 이게 마지막 대화라고
생각하니 누가 듣건 말건 큰소리로 말하게 되었다.

"선생님, 오늘이 고비예요. 오늘만 잘 이겨 내세요.
선생님, 우리 다 기다리고 있어요."

계속 큰소리로 질러댔다.

"끝났어. 다 됐어."

하지만 선생님은 자꾸 같은 말만 반복할 뿐이었다.

6월, 빛나던 계절에 인생 질문 하나를 품고
홍천 샘골을 찾아갔을 때 그 자유롭던 기상을 보여 주던 94세
노인의 쩌렁쩌렁한 목소리, 두 번은 없다고 환히 웃던 그 미소,
문화 빈곤이 고통의 대물림이라고 고통의 핵심에는 지금의 삶의
방식이 도사리고 있다고 힘차게 말씀하셨었다.
그 고통, 삶의 질곡에서 벗어나는 방법도 명쾌하게 대답해
주셨다. 지식을 얻으려면 독서를 하고, 지혜를 얻으려 사람을
만나야 하고, 더 큰 자유를 위해 자연에서 뒹굴어야 하다는
그 호쾌한 어른을 이제 볼 수 없단 말인가!

"잘 있어, 은방울꽃. 즐거웠어."
선생님은 가쁜 숨을 쉬고는 전화를 끊어 버렸다.
나는 서둘러 회원들에게 선생님께 전화해 보라고 문자를 넣었다.
불길한 생각을 지울 수 없었다.

6월, 내가 샘골을 찾았을 때 마침 은방울꽃이 피었다며
은방울꽃이라는 애칭을 붙여 주고
어머니와의 악감정을 한순간에 녹여 주고,
나에게 다시 삶의 즐거움을 선사하신 분.

시시한 감정 따위는 버리고 멋지고

당당한 삶을 제시해 준

처음 만난 어른.

94세 나이에도 고리타분함이라고는

찾아볼 수 없었던 시대를 앞서가는

푸른 기상을 가졌던 그분도,

이제 지구 여행을 마치고 떠나시려는 건가!

선생님을 만나고 온 지 불과 한 달,

선생님과 진안 모임의 오해를 풀고 즐거운 대화를 하고

주차장까지 내려오셔서 손잡고 안녕했던 날이

마지막이 될 수도 있다는 말인가!

적어도 코로나를 회복하고 얼굴 한 번 뵙고 가셨으면,

시시한 이야기는 하지 말고 당당하게 살자고 하신

그 칼칼한 목소리 다시 한 번 들었으면 좋겠다.

그날로 선생님 건강은 더 악화되어

12월 13일 코로나에 감염된 지 25일째 되던 날,

치료를 중단하고 요양병원으로 이송한다는

절망적인 소식이 들려왔다.

그 고집 세고 냉정한 백마에 올라탄 십자군 기사 같은 기상으로

"뒤돌아보지 마라."

"인생은 승리뿐이다."

"인생은 즐겁고 행복 뿐이다."

"진격 앞으로."

쩌렁쩌렁 외치는 그 호령 소리,

다시 한 번 듣기만을 간절히 기도할 뿐이었다

자연에는 경계가 없다.

자연의 리듬을 알 수가 없다.

그 리듬을 조정할 수 없고 기호화할 수 없다.

사람은 그 시공에 개입하지 못한다.

자연의 모든 현상이나 일기 변화는 제 스스로의 일이다.

그들 스스로 그러할 뿐이다.

허용된 시계는 가장자리에 불과하고 그 너머의 권역은

인간에게 허락되지 않는다.

물의 발원은 산골이다.

산골 물은 가파른 바위 사이를 굽이치면 스렁에 빠져

쏜살같이 곤두박질쳐 흘러간다.

사방에서 흘러드는 지류의 시원을 모두 거느리고 도망친다.

계곡은 바쁘다.

말을 걸 수 없는 자연을 바라보는 인간은 난감하다.

세상은 자연과 사람 사이의 첨예한 대국을 모른 체한다.

인간은 자연을 좌지우지 못하는 미미한 존재라는 걸

늘 잊고 산다.

사람들은 자연의 횡포니 이변이니 하며

날벼락이 쏟아진 것처럼 여긴다.

자연은 평등이니 불평등이니 할 대상이 아니다.

자연에 대한 불가항력을 숭엄한 마음을 갖고

금과 옥조로 삼아야 할 일이다.

—『잘 산다는 것에 대하여』(박상설 지음, 토네이도)
중에서

선생님은 코로나 바이러스에 대해서

자연을 침략한 인간에 대한 자연의 반격이라고 말씀하셨다

마트에서 채소나 과일를 사 오면
플라스틱 포장재도 덤으로 한 보따리 따라온다.
한 줌의 상추를 먹고 오백 년 후에
썩을 플라스틱을 들고 안절부절한다.
조물주가 빠뜨린 유일한 창조물이란 찬사를 듣는 플라스틱은
1868년 탄생한 후로 인간에 삶에 기여하지 않는 곳이 없을
정도나 이 녀석의 횡포 또한 우리 몫이다.
덥고 추운 것을 맘대로 운영할 수 있게 된 인류는
빙하가 녹을 만큼 향연을 베풀었다.
바이러스의 침공도 자연적인 삶을 거슬린 결과라고 말한다.
자연을 보호하면서도 자연의 혜택을 누릴 수 있는 방법은
무엇일까?

2021년 6월,
산 목련이 흐드러지게 피던 홍천 샘골에서
자연적 삶을 외치던 깐돌이 박상설 선생님을 처음 만났다.
인습을 깨고 자연의 리듬에 몸을 맡기라던 분.
나를 발견하는 공부가 최고라는 분.
"외로움은 인간의 숙명이다."

외로움 속으로 더 파고 들어가 더 좋은 고독으로 도약하라던 분.
문화 취향이 사회적 계급이라 주장하신 분.
삶은 말이 아니라 도전이라 말씀하실 때 그분의 눈동자 빛났고
열정적인 강의 노트는 아직 책상 위에 펼쳐진 채 남아 있는데
2021년 12월 23일,
어린 왕자는 다른 행성을 향하여 비행선에 몸을 실었다.
이미 그는 비행계획을 세우고 있었는지,
"몇 년만 빨리 만났어도 할 일이 참 많았었는데…."라고
말씀하셨었다.

나를 부를 땐 은방울꽃이라 했다.
선생님과 처음 만났던 날
홍천 샘골에서 자생하는 은방울꽃이 마침 피었다고 하셨다.
선생님은 만나는 이들에게 그에 맞는 애칭을 지어 주었다.
촌철살인의 의미 있는 애칭 짓기는 한바탕 웃음이기도 하고,
숙명을 벗어 던지는 세례이기도 했다.

어린 왕자는 본인 스스로를 '깐돌이'라고 위장했다.
처음 샘골을 찾았던 2021년 6월 5일,

그는 고집 센 말투와 구부정한 노인네였다.

그러나 평생 품은 상처를 내보이자,

곧바로 어린 왕자의 정체를 드러내며 해맑은 미소로

내 곪아 터진 상처의 근본을 치료하기 시작했다.

오랜 시간이 걸리지 않았다.

하룻밤 사이 나는 그가 이끄는 다른 차원으로

순간 이동하는 데 성공했다.

나는 그동안 머리를 처박고, 상처에만 골몰하여

전전긍긍하고 있었음을 알았다.

어린 왕자는 현실과 가상을 넘나드는 유영을 보여 주었다.

어렵지 않았다.

검은 바다 암초에 걸려 있던 나는,

수면 저 위에 번쩍이는 빛줄기를 따라 인어처럼 솟구쳤다.

그에게는 94세라는 지구 나이가 있었지만,

내가 만났던 그는 나이를 종잡을 수 없었다.

때론 200세 허연 수염을 기른 미래를 보는 신선 같았고,

때론 땡땡이치고 학교 뒤 담을 넘어 도망치는

사춘기 꼴통 같았고,

때론 나날이 오염되는 지구 환경에 잠 못 이루는 생태학자였고,

때로는 18세기 유럽, 파티를 즐기는 바람둥이 백작 같았다.

자유와 고독을 사랑하는 시인이고,

매일 설렘으로 무장하는 백전노장이며,

청승과 낡은 풍습에 얽매여 사는 인생은,

도와줄 필요도 없다고 자르는 냉정한 칼이었다.

그는 설악산 정도는 백 번도 넘게 올랐다는

알피니스트(alpinis)였고,

세계 여행 중에는 거리의 노숙자들과 나란히 잠을 청하고,

그들과 음식을 나누는 별종이었고,

다음 행선지가 정해지지 않는 채 집을 나설 때야말로 무한한

설렘으로 온몸이 들뜬다 하였다.

종점을 보지 않고 무조건 올라탄 버스로 이리저리 헤매는 것이

가장 가성비 좋은 여행이라고 하였다.

"깔깔깔."

천진하게 웃으며 아이스크림을 먹는 모습은 개구쟁이 자체였다.

몇 년 전부터 그는 주먹 만한 글씨 외에는 볼 수 없을 정도로

시력이 망가졌지만,

스마트 폰에 수를 놓듯이 문자를 새겨 넣어 매일 많은 사람과

소통하는 포노 사피언스(phono sapiens)였다.

시간과 자유의 서핑 보드를 즐기면서 동에 번쩍

서에 번쩍하다가도,

가을날 오후

여린 들꽃의 씨를 받아 긴 겨울 동안 말려

겨우내 기다린 봄이 오면 뿌려 놓고 싹이 트기를 기다리며

흘깃 본 미지의 여인을 설레는 마음으로 찾아가듯,

그 장소를 몇 번이나 가 본다고 했었다.

그때마다 가슴이 두근거려 미치겠다던 그는,

세상의 24시를 살지 않고

그가 제작한 우주 시계를 보며 산 사람이었다.

"재미나게, 아주 재미나게 살아라!

그리고 시시한 이야기는 하지 마!

당당하게! 멋지게!

미치게 멋지게 살아!"

그렇게 말하며 씩 웃던 사람.

하얀 눈 오는 날 세상 떠나고 싶다던

마지막 바람까지도 완벽하게 연출한

깐돌이 어린 왕자 박상설!

2021년 12월 27일,

나는 그가 뿌리는 애잔한 눈을 맞으며

메타에서의 마지막 포옹을 했다.

2

연극을 보았다

며칠 전 지방 극단에서 하는 연극 한 편을 보았다
"고물은 없다"

연극은 노인들을 이용해서 터무니없는 물건을 터무니없는
가격에 파는 약장사 사기단과 노인들의 애환을 그렸다.
노인들은 무료했다. 그런데 동네에 들어온 약장사는 "어머니,
어머니." 하며 친구처럼 아들처럼 애인처럼 해 주니 이놈의
애교에 만 원짜리 물건을 백만 원이라도 그냥 하나씩 사 주었다.
자식들은 이걸 알고 노인들에게 왜 이리 답답한 일을 하냐고
길길이 날뛰고 코너에 몰린 노인은 "내가 죽어야지." 하면서 이
층에서 뛰어내리는 사건이 발생한다.
극 중 주인공 할머니는 동네에 버린 쓰레기 중에서 쓸만한 것들을
주워 온다. 멀쩡한 것을 버리는 사람들이 이해가 가지 않는

거였다. 그러니 집안은 주워온 물건들로 가득차 쓰레기장 같았다.
물자가 귀한 시절을 산 노인들의 트라우마. 딸은 이런 어머니가
마음에 들지 않아 성화를 댄다. 어머니와 딸의 싸움이다.
싸움하는 딸은 그저 어머니가 조용히 앉아 있기만을 바랐다.
결국 노인들의 단골 레퍼토리(repertory)가 나온다.
"어이구, 내가 죽어야지."
연극 속 노인은 정말 생이 끝났으면 하는데
아직도 계속되는 것에 대해 절규하며 통곡했다.
노인이 되면 인생극장에서 퇴장할 일은 확연한 일인데
세상은 노인의 퇴장을 왜 이리 지루해서 못 견디는 걸까?
고령의 노인들을 가진 자녀에게
"가시면 좋을 텐데 고생 안하시고."
이런 인사가 무례하지가 않다.

"가고 싶은데 안 가지는 걸 어떡하냐고,
죽고 싶은데 안 죽어지는 걸 어떡하냐고."
연극 속 할머니는 절규한다.
노인은 정말 사라져야만 하는 고물인가?
아무 쓸모가 없는 잔소리꾼인가?

그렇다. 지금까지의 노인이란 단어에는 그 말이 함축되어 있었다. 그래서 난 노인이나 어르신이나 할머니라는 단어가 싫다. 노인이라는 단어에, 할머니라는 단어에 이미 무례함과 고집불통이 포함되어 있기 때문이다. 청소년, 젊은이, 아가씨, 신사, 숙녀 이런 단어에서는 반감이 없는데 노인, 어르신, 할머니는 고집 세고 소통되지 않는 그냥 봐 드려야 할 것 같은 정서가 담겨 있다.

"할머니, 할아버지잖아. 네가 이해해."

"그 어르신 고집 못 꺾어."

"노인네들이 그렇지 뭐."

어린이가 어른이 되고 어른이 어르신이 된 것인데, 어린이와 어른은 보통명사인데 어르신은 왜 난감 명사가 되었을까? 그들이 삶이 다른 이들에게 행복하게 보이지 않았기 때문이다. 그들이 논리가 다른 이들을 피곤하게 했기 때문이다.

이제는 가셔도 되는데 하는 삶은

장수가 저주가 되는 삶은

내 미래일 수도 있다.

정신을 바짝 차려야겠다.

나이를 먹어 가면서 더욱 가벼워지고

더욱 스마트해져야겠다.

사람의 노년이 갈수록 책임은 줄어들고

하고 싶은 일들을 드디어 할 수 있는

호시절이 되었으면 좋겠다.

릴레이 경주가 끝나고

산보 가는 마음이었으면 좋겠다.

인생의 소풍 시절이었으면 좋겠다.

자신의 배낭 속의 물건들을 나누어 짐을 가볍게 했으면 좋겠다.

여력이 된다면 내 손주만 봐주지 말고

불쌍한 놈들 없는지 돌아봤으면 좋겠다.

노인들이 그저 하늘이나 바라보던 시대는 지났다.

주머니에 돈이 넉넉지 않아도 하루를 즐겁게 살 거리가 많다.

노인과 함께하면, 어르신과 함께하면

뭔가 득이 되는 그런 세상이 왔으면 좋겠다.

나는 그런 삶을 살고 싶다.

쓰던 물건이 고물이 되고 늙은 생을 고물이라 연기한

이번 연극 속의 남루한 노인은 과거의 신파였으면 좋겠다.

젊은이들의 귀감이 되고 '저렇게 늙으면 좋겠다.'라는 진짜

어르신이 많아졌으면 좋겠다.

호주머니에 선뜻 내어 줄 식사비가 없을지라도

노인들과 나누는 대화가 유머와 철학이 있다면

경로석에 앉은 노인 곁에 앉아보고 싶은 마음이 들지 않겠는가?

유머와 철학은 움켜쥔 것을 놓는 순간부터 시작된다.

나눌 줄 아는 노인이야말로

베풀 줄 아는 노인야말로

노인의 완성 아니겠는가?

나는 무엇을 나누고 무엇을 베풀 것인가?

늙은이,

노인,

어르신들에게 진정 '선생님'이라

부르고 싶은 세상을 염원한다.

젊었던 그들이 선생님으로 늙어 가는 나라,

멋지지 아니한가?

어린이 해방군? 노인 해방군?!

한동안 “이상한 변호사 우영우”라는 드라마에 푹 빠졌었다.
장애를 가진 주인공이 변호사라는 어려운 일을 해 나가는
모습과 사건을 해결하고 주변 인물과의 호흡이 즐거운
드라마였다.
매회마다 울림과 재미가 있어 좋았는데,
특히 인상적인 부분은 ‘9화 피리 부는 사나이’였다.

강남 유명학원이 있는데 세 아들 모두를
서울대 입학시킨 원장님 명성으로 인해 원생도 많았다.
학원 인기의 비결은 일명 가두어 놓고 공부시키는 자물쇠 학원.
식사시간도 휴식 시간도 제한하고
체벌도 용인하는 스타르타식.
그런데 아뿔사.

이 학원 원장님의 셋째아들이 사고를 친 것이다.
셋째아들은 자신의 이름마저 어린이들을 웃길 수 있는
'방구뿡'으로 개명한 후 스스로 어린이 해방군 총사령관이
되었다. 어느 날 엄마가 운영하는 학원 차와 거기에 타고 있던
어린이들을 데리고 네 시간 동안 야산에서 놀다 온다.
죄명은 '미성년자 약취 유인 혐의.'
부모들은 얼마나 간담이 서늘했겠는가?
결코 용서받을 수 없는 죄였다.
어린이 해방군 총사령관인 '방구뿡' 씨는 주장한다.

일. 어린이는 지금 당장 놀아야 한다.
이. 어린이는 지금 당장 건강해야 한다.
삼. 어린이는 지금 당장 행복해야 한다.

그리하여 학원 가는 아이들을 해방시켜 놀았던 것이다.
황당무계하고 정신 나간 사람이다.
그런데 이런 방구뿡 씨의 속마음처럼
어린이의 진정한 행복을 똑같이 주장한 분이 계셨으니,
바로 소파 방정환(方定煥, 1899-1931) 선생님이시다.

방정환 선생님은 1917년 천도교 삼 대 교주
손병희 선생님의 셋째 딸과 혼인하면서
손병희 선생님의 사위가 되었다.
그리하여 천도교 청년회 소속으로 글을 쓰고
강연이나 모임을 한다.
방전환 선생님은 일제 강점기 당시 독립운동과
계몽운동을 함으로써 「개벽」, 「학생」, 「어린이」, 「신여성」과
같은 잡지를 발행하며 민주적이고 주체적 시각을 갖게
하였다. 깔깔박사, 북극성, 길동무 등의 여러 필명을 쓰며
동화나 아동소설도 집필했다.
1924년 6월 「신여성」 4호에 투고한 글을 보자.

어린이는 기쁨으로 살고
기쁨으로 놀고 기쁨으로 커간다.

뻗어 나가는 힘
뛰노는 생명의 힘
그것이 어린아이다.
온 인류의 진화와 향상도

여기에 있는 것이다.

어린이들의 기쁨을 찾아 주어야 한다.

어린이는 복되다.

한이 없는 복을 가진

어린이를 찬미하는 동시에

나는 어린이 나라에 가깝게 갈 수 있는 것을

얼마든지 감사한다.

어린이와 여성의 인권이 무시되었던 그 시절

방정환 선생님은 어린이들의 행복과 안정된 성장을 주장했다.

일찍 요절하신 것이 너무나 안타깝다.

어린이를 사랑하고 어린이의 행복을 주장한 것은

어린이 납치 사건의 주범 방구뽕 씨와 별반 다르지 않다.

드라마 속 우영우 변호사는 방구뽕 씨를

망상증이라는 정신증 환자보다는 사상범으로 변호하려고 한다.

정신증으로 변호하면 형량은 감형되겠지만

어린이의 행복을 추구하는 방구뽕 씨의

숭고한 염원은 인정받지 못하기 때문이다.
더욱이 방구뽕 씨는 변호에 협조하지 않았다.
재판은 엉망이 되고 변호인에게 패배를 안겼다.

‘해방군’이라는 단어는 매우 반항적이다.
‘해방’이라는 단어 뒤에는 피비린내 나는 전쟁이 암시되고
누군가는 희생되고 실패로 끝날 수 있는
불안함이 내재되어 있다.
인류의 역사 드라마는 결국 해방을 위한 투쟁이었다.
해방 후 그 수익자들은 누구일까?
해방 후 맞이한 세상은 정녕 해방군들이
염원하던 세상이 되었을까?
‘어린이 해방군’이 있어야 한다면
‘노인 해방군’도 나쁘지 않겠네.

일. 노인은 지금 당장 놀아야 한다.
이. 노인은 지금 당장 건강해야 한다.
삼. 노인은 지금 당장 행복해야 한다.
그런데 어린이 해방은 어른이 해 주어야 하지만

노인 해방은 노인 스스로가 할 수 있다.
셀프 서비스 시스템이다.
노인은 스스로 해방할 수 있으며 해방되어야 한다.
노인에서 해방된 노인 해방군단은 사회의 새로운 산소다.
그들이 할 수 있는 일은 무궁무진하다.
노인이 되면 수입은 없고, 있던 자산은 바닥나고
마음은 초조해진다.
그래서 더 움켜쥐게 된다.
그러나 손에 든 화투장을 내려놓아야 게임이 끝나는 것처럼
쥐고 바들바들 떨어 봤자 시간만 흐를 뿐이다.
결국엔 내려놓아야 한다

나도 마찬가지다.
갈수록 수입은 줄어들고,
자산도 없고 마음은 초조하기만 하다.
행여 궁색한 처지로 자식에게 부담이 될까 걱정이다.
그러니 그것으로부터 해방되면 행복하다.
움켜쥠에서 해방되면 베풀고 나눔이 시작된다.
자기가 헐벗을 정도로 나누라는 것이 아니다.

자기가 위태로워질 정도로 나누라는 것이 아니다.
아주 소소하지만 끊임없이 나누는 것이다.
이 나눔은 노인에게 동지를 만들어 줄 것이다.

노인이 되면 이제 내 자식, 내 가족에서 좀 벗어나면 좋겠다.
내 자식을 벗어나 어미 없는 아이들 좀 돌봐도 좋지 않은가?
얼마 전 보육원을 나와 홀로서기를 해야 하는
아이들 뉴스를 보았다.
다행히 18세까지 보호 종료되던 것이
24세로 연장되는 법이 통과되었다 한다.
생각해 보라.
열여덟 먹은 아이가 생활 지원금이 다 떨어진 다음
살아가야 할 막막한 세상.
단 한 사람에게도 전화 한 통하여 의지할 수 없는 막막함에
그 어린 아이들이 택했을 마지막 선택.
진짜 할머니, 할아버지가 필요한 순간이다.
할머니, 할아버지가 끼어들어도 될 상황이다.
노인 해방군들은 할 일이 참 많다.
한 번 해병은 영원한 해병이듯이

한 번 노인 해방군은 영원한 해방군이다.

숨이 멎을 때까지.

그리하여 노인 해방군이 있는 곳은 오만과 편견이 없고

노인 해방군이 있는 곳은

예수의 잔치처럼 바구니마다 빵이 쌓이고

노인 해방군이 있는 곳은

부처의 설법처럼 생로병사(生老病死)에서 벗어나리라.

스마트 올드(smart old)가

곧 노인해방군이라 할 수 있으리라.

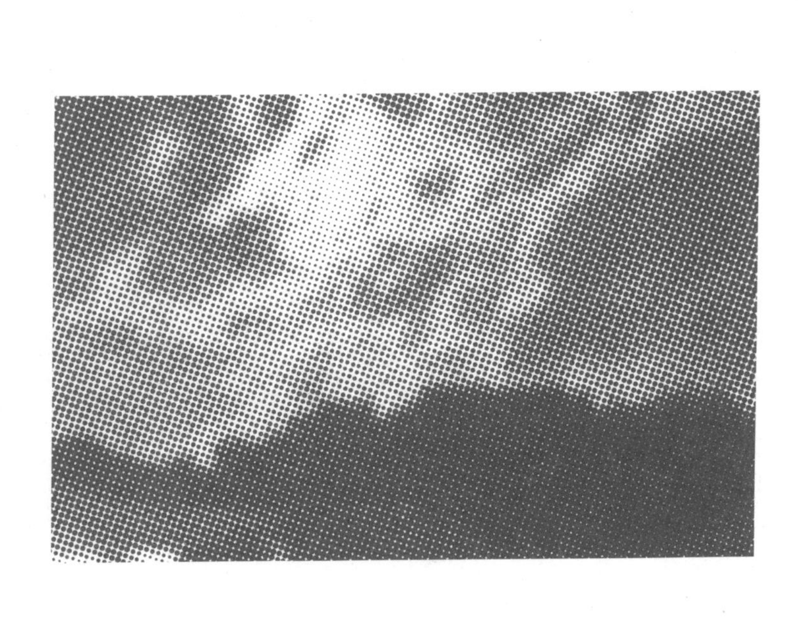

사토 할머니

오래 전에 『사토 할머니의 아주 특별한 주먹밥 이야기』라는
책을 아주 인상적으로 읽었었다.
힐링과 자연을 주제로 글을 쓰는 오하다라 야스히사가
사토 할머니를 만난 이야기를 쓴 것이다.

*…나는 사토 할머니라는 한 여성이 살아가는 방식을 통해
지금처럼 시대의 변환기에 있는 우리들이 어떻게 하면 밝고
즐겁게 살아갈 수 있는지 전하고 싶었습니다. 할머니는
아오모리 현의 히로사키에 살고 있으며 이와키 산 골짜기에
숲 이스키아를 만들었습니다. 사토 할머니는 이곳을
찾아오는 사람들에게 마음이 담긴 주먹밥을 대접하며
마음과 생명을 느낄 수 있도록 하고 있습니다.
… 사토 할머니의 전설이라고 불리는 수많은 에피소드*

중에는 자살하려는 사람이 할머니가 만든 주먹밥을 먹고 마음을 돌린 일도 있습니다. 그것은 김으로 둘둘 만 둥그런 주먹밥으로 겉으로 봐서 보통 주먹밥과 바를 바 없고 내용물도 매실 이외에 특별히 들어간 것도 없지만 할머니의 주먹밥엔 분명 무언가가 있습니다. … 할머니는 밥을 뭉칠 때마다 손끝이 아니라 손바닥을 사용하는 것이 특징입니다. …저는 주먹밥 속 밥알 한 톨에까지 마음을 쏟는 친절함과 배려가 그렇게 고통스러워하는 사람에게 싼다는 것의 의미를 깨닫게 해주기 때문이 아닌가 생각해 봅니다. 주먹밥을 만들 때 밥알 하나하나가 숨 쉴 수 있도록 배려하면서 밥을 뭉칩니다. 할머니는 자신이 말한 대로 밥을 꾹 움켜쥐지 않습니다. 그렇게 되면 밥알이 고통스러워하기 때문입니다. 주먹밥을 먹는 사람에 한 톨 밥알의 생명에 마음을 쏟는 할머니의 진실된 생각이 전해집니다. 그렇기 때문에 밥알 하나의 생명이 한 사람 한 사람에게서 되살아 날 수 있는 것입니다.

—『사토 할머니의 아주 특별한 주먹밥 이야기』(오하라다 야스히사 지음, 예지) 서문 중에서

2021년 6월, 박상설이라는 사람과의 만남을 계기로

나를 둘러싼 관습과 인습을 벗어 버리려 온 힘을 다했다.

그는 단순하고, 명쾌했고, 몸으로 실천하는 사람이었다.

사람과 사람이라는 연결고리는

때로는 불행을 연출하기도 하지만

걸어 다니는 명쾌한 생각과 만나는 순간,

삶의 전환점을 맞이하기도 한다.

나는 끊임없이 찾아다녔고 실천했지만

육십이 넘도록 답을 찾지 못했다.

안락사 여행을 계획할 정도로 정신은 바닥을 쳤다.

계기는 주변에 많이 있습니다. 꼭 이스키아에 와서

주먹밥을 먹어야 치유된다는 법칙이 있는 게 아닙니다.

자신이 살아가는 방식에 따라 얼마든지 치유될 수 있는

기회를 얻을 수 있습니다. 자신을 치유하는 힘은 자기 자신

속에 있다는 사실을 잊지 말아야 합니다.

—『사토 할머니의 아주 특별한 주먹밥 이야기』 본문 52p 중에서

나는 치유를 위해 박상설이라는 존재를 찾아갔다.
기대는 반반이었다.
그러나 그러한 시도는 나에게 답을 주었다.
가족에게 헌신과 봉사만이 답이 아니라는 것,
또 다른 길이 기다리니 등불을 높이 올려 보라는 것,
오래전에 읽었던 사토 할머니의 주먹밥을 다시 생각했다.

인생은 사계절로 나눌 수 있다.
봄, 여름, 가을, 겨울.
봄은 태어나서 교육과 배움을 통해
세상에서 해야 할 일을 구축할 때로 보고,
여름은 획득한 기능으로 활동을 하며
다른 생명을 탄생시키고 양육하고,
가을은 더욱 성장하여 결실을 얻고,
겨울은 저장된 산물,
즉 정신과 육체를 쉬게 할 거리를 가지고
놀다가 순명하는 것이다.
그런데 인간의 수명에 과학이 접목되면서 사계절을 지나고도
또 다른 계절이 생겼다.

순명할 수 없는 장수의 저주다.

다섯 번째 계절은 겨울인데도 봄이다.

봄인데도 겨울이다.

눈이 펑펑 내리는데 진달래 피고 새들이 짹짹 댄다.

내가 맞이할 다섯 번째 계절에서

독립과 자유를 외치지만

누구 하나 도와줄 사람은 없다.

스스로 독립하고 스스로 자유로워야 하고

스스로 명쾌해야 한다.

이 다섯 번째 계절을 잘 지낼 수 있는 자는

바로 스마트 올드다.

지금 육십 대는 디지털시대 끄트머리다.

이 편리하다는 디지털 세상이 너무 불편하다.

돈이 있어도 빵 하나 사지 못하는 디지털 문맹자.

버스표 발권을 못해 집에 못갈 수도 있다.

무서운 현실이다.

봄이 오면 산에 들에 진달래 피네.

진달래 피는 곳에 내 마음도 피어

지식을 얻으려면 독서를 하고

지혜를 얻으려면 사람을 만나고

더 큰 자유를 위하여 자연에서 뒹굴어라。

건너 마을 젊은 처자 꽃 따러 오거든

꽃만 말고 내 마음도 함께 따 가주.

흥얼거리던 가곡의 가사처럼

이상하게 정신은 봄처럼 랄랄랄 상태다.

직장의 족쇄도 풀리고 젖먹일 아이도 없고

땅 살 일도 없으니 얼마나 봄날인가?

은퇴자들은 광란의 여행객이 되어 지도를 점령하기 시작한다.

나도 여력만 있다면 지구를 몇 바퀴 돌고 싶다.

그러한 때, 박상설이라는 명쾌한 스마트 올드를 만나게 되어

여생을 정리하고 새로운 신호등을 켜는데 도움을 받았다.

"지식을 얻으려면 독서를 하고

지혜를 얻으려면 사람을 만나고

더 큰 자유를 위하여 자연에서 뒹굴어라."

다시 돌아온 봄날에 하기 딱 좋은 일 아닌가?

호텔 라운지보다 더 운치 있는 도서관들이

동네마다 들어서고 있다.

젊은 날 그리도 원했던 햇살 좋은 창가의 독서가 가능하다.

코로나는 오히려 더 많은 사람을
더 쉽게 만날 수 있게 해 놓았다.
자기 집 안방에서 화상회의를 하는 것이 보편화 되었다.
멀리 떠나지 않아도 친구를 만나고
동아리 모임이 가능하다.
이제 나만 스마트 올드가 되면 된다.

지구 환경도 걱정해 본다.
상추 한 주먹을 사면 500년 후에 썩을
플라스틱 케이스도 책임져야 한다.
이러지 말자고 손을 들어도 된다.
과도한 육식은 겨울을 없애고 있다.
나부터라도 비닐을 덜 쓰고 나부터라도 고기를 줄이자.
부모 없는 아이, 못된 부모 가진 아이들도 바라보는
진짜 할머니도 되어 주자.
또 같은 시대를 달려온 친구들 중
낙오된 사람은 없나 돌아보자.
내 친구 노인을 내가 돌봄도 좋지 아니한가?

결혼의 끝

요즘 젊은이들이 당당하게 선언한다.

"나는 결혼하지 않을 거니까 간섭하지 마."

"결혼은 하더라도 아이는 낳지 않을 거니까 간섭하지 마."

비혼주의, 딩크족 등 당당하게 자신의 삶을 산다.

이런 세상에 다시 산다면 나는 비혼주의였을까?

딩크족이었을까?

1982년, 남편을 처음 만났다.

군대 제대 후 2학년에 복학했다고 했다.

어찌어찌 하다 보니 좋아졌고 사귀었다.

남편은 자기가 졸업할 때까지 기다려 달라고 했다.

나는 남자의 현실보다는 성정을 봐야 한다는 주관으로

그를 선택했다.

뭐가 그리도 좋았는지 졸업식도 하기 전 1984년 12월 1일,
그와 헤어지기 싫어서, 그를 닮은 아이를 낳고 싶어서 결혼했다.
계몽주의 소설의 여주인공 같은 착각으로 시작한
나의 결혼생활은 암울했다.
소설을 너무 봤고 무지했다.
그리고 다음 해 6월 첫 아이를 낳았다.
그렇게 삼십여 년을 살고 있다.

참 용기가 있었다.
뭐든 열심히 하면 살림살이는 금방 필 것이고
내 집 마련은 시간 문제며 알뜰살뜰한 아내가 되면
남편은 내가 이뻐서 엄청난 사랑을 부어줄 줄 알았다.
성정이 맑은 남편은 직장이 원하는 로봇이 되어
집에는 옷이나 갈아입으러 들어왔다.
소설과는 많이 달라 울적한 날이 많았다.
대화는 사라지고 다툼이 생겼지만
그 모든 것이 일시적인 것이라 생각했지 평생 갈 줄은 몰랐다.
남편은 이를 피하기 위해 더욱 직장에 몰두했다.
지금 비혼주의 선택한 청년들 중에는

나 같은 부모들의 삶을 보고 선택했을 가능성도 있다.
한 남자와 한 여자의 운명적 결합은
소설보다 더하면 더했지 덜하지 않았다.
그리고 마침내 늙었다.
노벨상이라도 탈 것처럼 몰두했던
찬란한 그의 직장도 마감했고,
하는 족족 성공할 것 같았던 용감한 내조도
성과 없이 막을 내렸다.

이제는 꽃밭에 심을 꽃나무 가지고 서로 언쟁한다.
"내가 좋아하는 나무 왜 캤어?"
"꽃이 너무 빽빽하네."
"이건 여기 심어야지."
"아니 저 쪽에 심는 게 좋겠네. 여긴 땅이 너무 좁아."
"그러니까 그만 사라고 했잖아."
"알았어. 이거만 사고 안 사."

비만하지도 않고 마르지도 않은 남편의 건강을 나는 방심했다.
내성적인 자신의 성격 탓에 술이 들어가면

좀 낙천적이 되는 걸 아는지 늘 술을 마셨다.

그래서 그런지 몸도, 관절도 슬슬 녹슬었나 보다.

오른손이 올라가지 않는다,

불면증이 있어 밤새 설친다,

조금 서 있으면 허리가 아프다 한다.

혈압약을 타러 매월 병원을 찾는다.

그에게서 남자 냄새도 못 맡은지도 꽤 오래되었고

그럭저럭 각방을 쓴지도 오래되었다.

시시한 농담으로 히히덕거린지도 오래되었다.

물어봐도 단답형이다.

부탁해도 잘 들어주지도 않고

남편도 내가 거추장스러운 것 같다.

소원했던 부부들도 은퇴 후 다시 달라질 수 있다는 둥

신혼으로 돌아간다는 둥

하지만 그것도 사람 나름인 것 같다.

취미도, 성향도 다른 우리는 남매가 되었다.

그래서 상상해 본다.

누가 상대의 장례식을 치러줄지는 모르지만

나의 장례를 치를 남편의 마음이 궁금하다.

"극성스럽고 성깔 사나웠고 대들기 잘했던 여인이여,
그대와 산 세월은 인내였소."

이렇게 읊조린다면 나는 억울해서
관 뚜껑을 열고 나올 것 같다.
그를 위해 극성스러웠고,
그의 부모님과 혈연들을 위해 헌신했고,
그와의 접선을 갈망하다 대들었고,
그의 소소한 야망을 도우려 많은 밤들은 고독했다.
무지한 결과였다.
남편의 장례식에 앉은 나는 무엇을 생각할까?

남편 마음을 한번 바라본다.
때론 어떤 이름모를 그녀와 먼 곳으로 도망가고도 싶었겠지.
자신의 아킬레스건을 용케 건드는 여자와 사는 게 쉬웠겠어?
그러거나 저러거나 그저 함구하고 바보인 척 참아 준 그를
먼저 보내고 내가 뒤따르는 게 마지막 과업이 되었으면 하는

그를 위해 극성스러웠고、
그의 부모님과 혈연들을 위해 헌신했고、
그와의 접선을 갈망하다 대들었고、
그의 소소한 야망을 도우려 많은 밤들은 고독했다。

이 오지랖은 뭘까?

불친절하고 무심한 착한 남자.

늦은 밤 술과 땀에 절어 쓰러져 잠들던 미련한 뒷통수.

가장이란 시퍼런 고독을 안주로 따르던 막걸리 한 잔.

삶의 질주에 구타당한 그 가슴의 멍자국을 본 대가로

나는 아직 그와 살고 있다.

빈농의 장남,

그의 부모 형제를 실망시키지 말아야 했고

낙오자가 되지 않으려

직장이란 제단에 무릎 꿇고 엎드려야 했다.

하지만 아내라는 존재는

자기 어머니처럼 봉사의 여신으로만 여기는

그의 지긋지긋한 맑음에

손 흔들어야겠지.

할머니라고 부르지 마세요

나는 조부모님은 외할머니 한 분뿐이셨다.

친할머니, 친할아버지는 이북에 계신다.

북극, 남극보다도 먼 나라. 세상에서 제일 먼 나라 이북이다.

연세로 보면 할머니, 할아버지 모두 돌아가셨겠지만 인생의

마지막 여행지는 아버지의 고향으로 가고 싶다.

할머니, 할아버지는 한국전쟁 이후 남하한 아버지가

아마 일찍 죽었다고도 생각하셨을 거다.

그러나 아버지는 고향을 떠나온 후 설움과 가난을 극복하고

한 가정을 이루면서 네 명의 아이들을 구김 없이 길러 냈다.

2013년, 향년 82세로 돌아가시는 날까지 고향 마당과

부모님과 형제들, 일찍 시집간 누나들과 매형까지

상세히 기억하셨다.

얼마나 그립고 궁금했겠는가?

아버지는 남하해서 전투경찰이 되어
고향 사람들인 빨치산 토벌 작전에 투입되었다가
경찰 공무원이 되셨다.
학교에 들어가니 반공, 방첩은 늘 듣는 말이었다.
이북은 빨갱이들이고 적이라고 배웠다.
그들은 호시탐탐 우리를 노리고 있다고 하였다.
빨갱이라는 사람들은 어떻게 생겼는지 궁금하기도 하였다.
얼굴이 빨간 건지 뿔이 난 건지.
이북에는 아버지가 그리도 그리워하는
할아버지, 할머니가 계시는데 학교는
그들을 적으로 말하라고 가르쳤다.

아버지는 과묵했고 엄하였다.
숙직하고 아침에 퇴근한 아버지가 주무시면
우리 사 남매는 귓속말로 이야기를 나눌 만큼
우리의 생사고락을 쥐고 있는 소중한 존재였다.
아버지 신상에 위험이 닥치면 우리는 거지가 될 것 같았다.
학교 운동회 날이면 나는 학교에 온 아버지를 찾아다녔는데
키가 작은 나는 운동장을 한바퀴 돌아 신발만

계속 보고 다니다가 아버지를 찾은 적이 있다.
아버지 신발에서도 나는 아버지를 느낄 수 있었다.
먼지 모를 아버지 모양의 정다운 신발이었다.

나에게 유일했던 외할머니는 우리 집에 많이 머무르셨다.
내 밑으로 동생이 세 명 태어났는데
산후조리는 외할머니가 와서 해 주셨다.
한 번 오시면 일이 년을 있다 가시기도 하였다.
외할머니를 기억해 보면 쪽진머리에 몸 맵시가 좋은 분이었다.
다만 외할머니는 다른 집 할머니와 다르게 담배를 피웠고,
술을 드셨고, 주사가 있었다.

할머니 방에서 함께 잔 날,
새벽 담배를 피우는 할머니의 뒷모습을 먼저 보게 되었다.
부시럭거리는 소리에 눈을 뜨면
묘한 연기가 할머니를 감싸고 있었다.
어린 내 눈에도 고독과 슬픔이 할머니를 감싸고 있는 것 같았다.
그 쓸쓸한 때문에 차마 연기가 맵다고 투덜거릴 수 없었다.
투덜거리면 할머니가 더 외로울 것 같았다.

매캐해도 참을 수밖에 없었다.

내 나이 대여섯 살 적이다.

할머니는 원인 모를 부아가 치밀면 술을 드시고 울었다.

울고 싶으면 혼자 소리 죽여 울어야 하는데

몇 시간이고 술이 깰 때까지 대성통곡을 하였다.

정말 곤욕스럽고, 듣기 싫고, 창피하였다.

할머니의 주사가 시작되면 엄마는 안절부절하면서

계속 달래고 잘못했다고 하고 그러다가 급기야는 싸웠다.

할머니의 주사는 저녁에 아버지가 퇴근해야 진정되었다.

"아이고 우리 장모님, 최 서방이 있는데

우리 장모님이 무슨 걱정입니까?

어머님은 평생 나하고 살아요."

아버지가 이렇게 달래면 잠이 들고 전쟁이 끝났다.

그러나 그렇게 단순하게 끝나지 않을 때도 있었다.

그렇게 달랬어도 화가 풀리지 않은 할머니는

그 다음 날 새벽 댓바람부터 다시 술을 드시기 시작했다.

새벽에 술 따르는 소리는 명확하게 들린다.

안주도 없이 그저 밥공기만한 잔에

소주를 따라놓고 담배를 피우고 있는 모습을 보노라면

그날 하루가 그려졌다.
'아, 오늘도 엄마랑 할머니의 실랑이와 할머니의 우는 소리,
신세 한탄이 이 집을 폭파시키겠구나.'

그러나 그런 일이 없는 날은 할머니는 음식도 맛있게 하고,
온 집이 반짝거리고 본인 옷매무새도 날렵하게 가꾸고,
용기 있게 남도 나무라고
옳은 소리를 명쾌하게 해대는 여장부였다.
지금 생각하면 할머니는 스트레스도 쌓이고,
울화병(우울증)도 있었건만 그걸 나눌 영감님도 없고,
든든한 아들도 없고,
지갑은 빈털털이니 삶이 얼마나 슬펐겠나 싶다.
그래도 할머니는 내가 잠들 때까지 토닥여 주었고,
나는 할머니의 껍질만 남은
아주 보드라운 젖을 만지며 잠들었다.
할머니는 외롭고, 슬쓸하고, 가난했다.
딱히 뭐라 하는 사람은 없었지만
그렇다고 딱히 지지해 주는 사람도 없었다.
할머니의 유일한 낙은 빨래해서

숯이 담긴 위험천만한 다리미로
솜씨 좋게 풀 먹여 다려 놓은 이불 호청을 감상하는 거였다.
재료도 없는 상태에서 부침개 한 장을 뚝딱 만들어 내놓고
뒤안 툇마루에서 시니컬하게 담배를 태우는
할머니의 모습은 너무도 익숙했다.
엄마가 종종 새 옷을 사오면 할머니는 툴툴댔다.
“뭐 하러 이런 걸 사 와.
있는 옷도 죽을 때까지 다 못 입어.”
그러면서 그 옷을 입은 할머니의 옷태는 참으로 고왔다.

일요일이면 앞집 할머니가 예쁘게 옷을 입고 찾아와
할머니에게 성화댔다.
“교회나 갑시다. 그래야 죽으면 천당 가.”
“죽어서 가는 천당, 관심 없네. 자네나 실컷 가소.”
나는 할머니가 교회나 다녔으면 좋겠다고 생각했다.
그러면 담배도 끊고 술도 안 마시고 통곡도 안 할 것 같았다.
새벽마다 할머니의 외로운 담배 연기를 보는 것보다는
성경을 보거나 기도하는 모습이 보고 싶었다.
그러나 할머니는 코웃음쳤다.

"교회만 가서 천당 갈 것 같어?"

더구나 가짜 꿀장사를 했으니

할머니는 당연히 천당은 못가셨겠지.

마당이 시끌벅적해질 때면 할머니는

뭔가를 큰솥에 끓이고 있었다.

꿀이었다. 물론 가짜 꿀이다.

할머니는 그 무거운 꿀을 몇 개씩 이고

꿀 장사를 나가면 어떻게 팔았는지 일단 다 팔고 돌아오셨다.

며칠 만에 돌아온 할머니는 얼마를 벌었는지는 모르지만

고기도 사고, 내 과자도 사 가지고 오셨다.

돈도 있고, 스트레스도 받았으니 술은 빠지지 않았다.

"아니고, 내 팔자야."

할머니는 또 소리를 지르며 우셨다.

엄마는 꿀 장사를 극구 말리며 용돈을 드리는 것 같았다.

그러나 할머니의 스트레스 해소는

술을 거나하게 먹고 우는 것이었다.

얼마나 듣기 싫고, 추하고, 미운지

지금도 머리가 절레절레 흔들어진다.

지금 생각하면 그때 할머니 나이라고 해 봤자
육십 조금 넘은, 지금 내 나이와 비슷했을 것 같다.
마음은 청춘이었을 것이다.
뭐든 할 것 같은데 막내딸에게 얹혀 살고 있는 것이다.
적어도 내 집, 내 일이 없으니 굴욕적인 것이다.
지금 생각하니 울고 싶었을 할머니의 마음이 이해가 된다.
부처님과 예수님께 의지하고 싶어도 맘은 동하지 않고
할머니를 그저 말없이 묵묵히 위로할 유일한 것은
가슴을 쓰다듬어 주는 쓴 소주와
한숨을 쉴 수 있는 담배였던 것이다.
나도 가끔 혼술을 한다.
물론 삭히고 싶은 생각을 지우면서 말이다.
외할머니가 생각났다.
"이래서 술을 드셨구나."
그러나 술을 드시고 우는 것 말고는 탈출구가 없었을까?
그럴 때마다 다른 가족들이 곤욕스러웠을 마음을
헤아릴 수 없었던가?
알고도 남을 영민함을 가졌는데
왜 그런 퇴행적 행동을 했을까?

지금 생각해 보니 할머니가 글 읽는 것을 본 적이 없다.
할머니 이득춘 씨는 한글을 모르는 문맹자였다.
할머니 세대에 글 아는 분들이 더 드물었으니
별일도 아니지만 타고난 영민함이 있었는데
더이상 자신을 자극할 것이 없으니
나 같아도 미쳐 버리고 싶었을 것 같다.
그래서 오히려 옛날에는 농사짓는 할머니들이
속병은 없을 것도 같다.
날마다 할 일이 주어지니 그것을 수행하다 보면
해가 지고, 일에 지쳐 잠들고
또 다른 계획을 세우게 되지 않겠는가?
사람은 자기가 해야 할 일을 계획하고 수행하고 난 뒤의
결과물을 점검하는 것이 보람 아니겠는가?

외할머니 이득춘 씨.
나에겐 할머니란 보들보들한 젖가슴의 감촉과
쓸쓸한 담배연기 속 실루엣,
야무지게 빗어 넘긴 쪽머리와 맵시 있던 모시 적삼의 청량함,
흐느껴 울며 풍기던 진한 술 냄새,

내 등을 긁어 주던 까슬한 손바닥,
무더위에 잠 못 이루는 밤,
잠들 때까지 부쳐 주던 부채 바람,
장고 춤을 추는 무용수처럼 한복 치마단을
완전히 돌려 허리에 동이고,
육신의 기름기가 다 빠질 때까지
부엌과 우물가에서 살아야 했던 할머니.
주머니에 들었던 지전 몇 장이 전 재산이었고,
화투와 술과 담배가 유일한 낙이었고,
그 때문에 자식이나 손자들에게 희생한 시간을
인정받지 못했던 할머니.
일흔여섯에 돌아가시자 모두들
"이제 가셨구나."
그의 인생 종전을 담담히 받아들인 가족들이었다.
돌아가신 후 그의 업적보다 흉이 많았던 할머니,
이득춘 씨는 다시 태어난다면 어떤 모습으로 살고 싶으실까?

그런 친정어머니가 지긋지긋했는지
우리 엄마는 참 얌전하고 명랑하고 유쾌했다.

담배는 물론 화투나 술에는 손도 대지 않았다.

엄마는 타고난 밝은 성격과 유머 감각으로

본인도 잘 웃고 남도 잘 웃겼다.

남편과 아이들에게 헌신했다.

한국전쟁 때 남하하신 아버지는 한두 달만 지나면

고향에 돌아갈 수 있으리라 생각했다고 한다.

그러나 그 후로 긴 날들이 지나갔고,

나중엔 고향 가는 꿈조차 꾸질 않았다고 하셨다.

갖은 고생 끝에 경찰공무원이 되었고, 중매로 엄마를 만나셨다.

그래서 우리는 일찍이 핵가족이었다.

외할머니가 동생들이 태어날 때마다 가끔 오셔서

1년 정도 머무른 것 빼고는 조부모와 일가친척이 없는

오직 우리 식구만 달랑 있는 핵가족이었다.

명절이면 쓸쓸했다.

다른 집은 오고 가고 북적북적 시끌벅적했지만

우리 집은 고요했다.

엄마는 그런 것을 의식하셨는지 항상 명절이면

사 남매에게 새옷을 모두 사 입혔고, 음식도 가지가지했다.

설날이면 아버지 기억에 힘입어

이북식 만두도 만들곤 했다.

우리 집은 참 행복했다.

아버지는 성실하셨고 어머니는 알뜰하셨다.

우리들은 착했다.

옆집 사람들이 그 집은 뭐가 그리 재밌어서

웃음소리가 끊이지 않냐고 하셨다.

나는 실향민인 아버지도 불쌍했고,

친정어머니로 눈물 바람을 해야 하는 엄마도 불쌍했다.

동생들을 잘 돌보고 부모님 말을 잘 들어야 한다고

생각했기에 일찍부터 가사를 도왔다.

큰딸은 실림 밑천이라고 아버지는 늘 나를 칭찬했다.

적어도 초등학교 때까지는 내가 리더였다.

아래로 남동생이 두 명, 여동생이 한 명 있었다.

엄마는 장차 우리 집안을 일으켜 세울 남자에

점점 집중하는 눈치였다.

아들을 확실히 키워 놓아야

외할머니같이 처량한 신세가 안 될 것 같은

생각이 드신 모양이다.

한마디로 아들이 출세하면 저도 좋고 부모도 좋지 않겠냐는

투자의 마음이 생긴 것이다.

딸이야 시집이나 잘 보내면 남는 장사고.

더구나 어머니에게 기댔던 외할머니 과거를 떠올리면

엄마는 죽어도 딸에게는 신세지고 싶지 않았던 것이다.

그 긴 세월 능력 없는 친정어머니의 한스런 울음소리를

견뎌야 했던 엄마는 시집간 딸에게 의지하느니

차라리 죽음을 택할 정도였다.

우직하고 공부도 잘했던 남동생들은

엄마의 희망이고 보람이었다.

명확한 목표였다.

그들의 입신 양명은 엄마의 입신양명이었다.

사랑하기에 헌신이 가능하다.

모성의 능력은 가히 하늘도 감탄한다.

어느 순간 엄마는 아들이라는 신앙을 믿게 되었고

딸은 그저 자신의 푸념거리를 들어주거나

가사를 돕는 일꾼에 지나지 않았다.

서울로 유학 간 아들이 돌아오는 날이면

엄마는 장보기와 요리로 며칠을 보냈다.

그 뒷수발을 드는 것은 내 몫이었고

그것에 장단을 맞추지 못하면 엄마는 내게 퍼부었다.
"싸가지 없는 것."
불평등이 서서히 자리 잡고 있었다.
그러나 거기에 항의라도 할라치면
엄마는 억울해 죽겠다는 듯이 펄펄 뛰었다.
자기가 어느 자식이라도 차별을 할 수 있겠냐는 거였다.
엄마에게는 다 소중할 뿐 누구 하나 미운 자식은 없다고 했다.
맞는 소리다.
엄마가 딸들에게 돈을 덜 주거나
품질이 떨어진 물건을 사 준 적은 없다.
그러나 엄마의 시선은 늘 아들에게 있었고,
어느새 나는 그것을 지지하고 도와주는
무수리의 역할을 완벽히 해내고 있었다.
엄마가 남동생들로 기뻐하면 더 기뻐하시라고 박수쳐 드렸고
상처를 받으면 그놈 마음은 그게 아니라고 위로해 드렸다.
그 시대의 엄마가 그 시대의 도덕에 의지하는 것이
당연하지 않는가?

그런데 젊은 시절에만 아들 사랑에 전념할 줄 알았는데

이상하게 갈수록 더 심해졌다.

아들만 사랑하면 좋겠는데 그 사이에서 나를 이용해

아들의 기쁨조 역할을 하게 만드셨다.

동생이 열무김치가 먹고 싶다고 하면 소리 소문없이

열무김치를 담가 동생이 기뻐하며 먹는 모습을 보고자 하셨다.

정작 동생은 과거에 지나가는 말로 했을 뿐

지금은 그리 원하지 않고 있는데 말이다.

옛날에 엄마가 만든 음식을 동생이 얼마나 맛있게 먹었는지를

기억하고는 그 추억을 소환하고 싶은 것이다.

팔십이 넘어도 엄마의 그 추억을 소환하고 싶은 욕망은

멈추질 않았다.

여자가 할머니가 되어서도 새끼 입에 밥 들어가는 것이

그리도 행복하고 삶을 충만하게 하는 것인지 깨닫고

나는 전율했다.

지금 엄마는 인지능력이 많이 달라졌다.

그렇기에 본인의 감정을 숨기질 못한다.

아들 사랑에 더욱 집착한다.

아들만이 자신을 지켜 줄 최후 보루라 여기는 것이리라.

자신의 곁을 평생 지키다시피 한 딸의 의리나 헌신은

기억이 나지 않는 것이다.

딸이기 때문이다.

딸은 부모를 봉양할 자격이 없다고 엄마의 그 시절 그 도덕이
엄마를 묶어 놓았다.

딸에게 봉양 받으면 서러운 인생이라고 엄마는 배운 것이다.

그래서 딸을 이용만 할 뿐 함께 가지는 않는다.

본인과 손잡고 갈 사람은 아들일 뿐 딸은 아니다.

친구들과 이야기해 보면 대부분 아들 사랑으로
인생의 낙을 보내신 노인들이 많다.

그중에는 그런 엄마를 살갑게 모시고 공경하는 아들도 있고
엄마 쌈지 돈만 빼먹고 도망간 아들도 많다.

그 화풀이는 대부분 딸들에게 온다.

그 뒷수습도 딸들이 한다.

할머니가 된 엄마와 같이 잘 지내는 방법은
내가 참으면 되는 줄 알았다.

할머니가 된 엄마는 내가 잘 보살펴 주면 되는 줄 알았다.

할머니가 된 엄마는 감당하기 어려운
아주 똑똑한 어린아이와 같았다.

나는 외할머니와 엄마를 통해서 엄마로 할머니로
진행하는 과정이 시대의 억압과 맞물려
개인의 고난사가 된 나의 가족사를 회고했다.

당돌하지만, 미안하지만, 부끄럽지만,
나는 외할머니 같은, 우리 엄마 같은
할머니는 되고 싶지 않다.
나는 내 아들이 낳은 아이가 부르는 호칭으로만
할머니라고 불릴 것이다.
나이 들었다고 해서, 노인이라 해서
할머니로 불리고 싶지 않다.
나의 할머니나 엄마처럼 선배 여성들이 살던 삶과
나의 삶은 다르기 때문이다.

우리 세대 친구들은 자신에게 부여된 시간을
아름답게 배치할 줄 알고
자식에게 맹목적 사랑을 주지도 않는다.
쓸쓸하다고 매칼없이(아무 까닭이나 실속 없게, 전라남도
방언_편집자 주) 술이나 담배에 의존하지 않을뿐더러

늙지 않는 노인들의 그 에너지를 어디에 써야 할까?
더구나 출근할 직장도 없고,
자식도 다 크고 했으니 말이다.
나의 운명은 스마트 올드로 늙을 수밖에 없다.

몸과 마음을 수련할 줄 안다.

우리 세대의 친구들은 자식의 삶과 분리되기를 먼저 원하며

아들과 딸을 평등하게 사랑한다.

나는 노인들을 부를 때 선생님이라 부르면 좋겠다.

선생님 같은 노인으로 늙고 싶다. 어르신, 어머님, 할머니 말고.

과거 교사에게만 붙여진 '선생님'이라는 호칭은

먼저 태어나신 분이고

그래서 가르침을 받아 마땅한 분이란 뜻이리라.

얼마 전 선생님들 모임에서 교권이 추락했다는

이야기 끝에 아무나 "선생님, 선생님" 한다고 웃으며

말씀하는 선생님이 계셨다.

그만큼 선생님이란 단어에는 존경이 있다.

한 생을 치열하게 살아온 노인들 존경스럽지 않은가?

나도 이제 외할머니 나이가 되었다.

그러나 그렇게 늙고 싶지 않다.

그렇게 기억되고 싶지 않다.

외할머니가 살았던 시절보다

천 배, 만 배 풍요의 시절을 산 행운아답게 유쾌하게 살고 싶다.

좋은 식자재와 영양제와 건강에 대한 각종 정보는
노인은 노인으로만 두지 않는다.
늙지 않는 노인들의 그 에너지를 어디에 써야 할까?
더구나 출근할 직장도 없고,
자식도 다 크고 했으니 말이다.
나의 운명은 스마트 올드로 늙을 수밖에 없다.
지겹게 느껴지던 인생길이 소풍가듯 즐거워질 것이다.

지구를 활보하고 노련한 감각을 즐기는 스마트 올드,
독서와 창조를 멈추지 않는 스마트 올드,
남의 인생에 훈수 두지 않는 스마트 올드,
꿈꾸기를 멈추지 않는 스마트 올드,
과도한 욕심이 무엇인지 아는 스마트 올드,
무리한 계획을 세우지 않는 스마트 올드,
한 곳에 머물기를 거부하는 스마트 올드,
혈족보다는 동호인을 선호하는 스마트 올드,
소소한 행복에 환호하는 스마트 올드,
저녁놀과 산들바람에 감사하는 스마트 올드,
애써 모은 재산을 기꺼이 후인에게 주는 스마트 올드.

에필로그

자기답게 사는 법을 아주 늦게 배웠다.

보필해 주는 삶이

더 가치 있는 삶이라고 느꼈고

그것이 나답게 사는 길이라 믿었던 것이다.

그냥 평범한 삶이었다.

딸로,

아내로,

어머니로,

여성으로,

그 시간들은

소년병의 불침번처럼 고단하기만 했다.

딸이기에 순번에서 밀려나고,

아내이기에 불평등했고,

어머니기에 헌신해야 했고,

여성이란 이름으로 봉사해야만 했다.

한때는 그것들이 삶의 의미였고 기쁨이었다.

성취란 완성의 클라이맥스에만 있다고 생각했는데

그것은 틀렸다.

가장 낮은 저점에서 가장 어두운 공간에서 일어났다.

치받아 오르고픈 심장근육의 강한 펌핑,

성취라 쓰고 발견이라 읽어 보리라.

생이 재미있어야 의미도 찾게 되고

사랑하는 마음도 생긴다는 걸 늦게 알았다.

재미는 유년시절의 보물찾기처럼

아주 허술한 곳에 숨겨 있었다.

재미의 재료는 꿈과 호기심이며,

꿈과 호기심은

영원히 지지 않는 태양이고 마르지 않는 오아시스다.

이것은 누구에게나 공평하게 분배된다.

그 꿈과 호기심의 나무들을 심어 보려고 한다.

그 꿈과 호기심, 재미의 가로수길을 걸어가 보려고 한다.

"지식을 얻으려면 독서를 하고

지혜를 얻으려면 사람을 만나고

더 큰 자유를 위하여 자연에서 뒹굴어라."

재미란 보물은

이런 곳에 숨겨져 있다고 귓속말을 해 주신 분을

6월 홍천 함박꽃 그늘에서 만났었다.

이제는 내가 재미의 보물을 찾는 이들에게

귓속말을 할 차례다.

2023년 2월

유쾌한 스마트올드

최은설